De sporen van de
klauw

Eerder verscheen van Manon Spierenburg bij Pimento:

De verborgen buit
De verdwijning van Bo Monti

www.de4vanwestwijk.nl
www.pimentokinderboeken.nl

Tekst © 2009 Manon Spierenburg
© 2009 Manon Spierenburg en Pimento, Amsterdam
Illustraties en vormgeving © 2009 Elly Hees

ISBN 978 90 499 2349 5
NUR 282

Pimento is een imprint van FMB Uitgevers,
onderdeel van Foreign Media Group

de 4 van Westwijk

De sporen van de
klauw

Manon Spierenburg

met illustraties
van Elly Hees

Pimento

Eindelijk lente

Drie figuurtjes slenterden over het strand van West-wijk aan Zee. De zee spoelde vrolijk over de vloed-lijn en er scheen een waterig zonnetje. De zeemeeu-wen scheerden krijsend over het water. Het leek wel of ze lachten. Eindelijk was het dan toch nog lente geworden.

'WAF!'

Een zwarte streep kwam uit de zee over het strand aanrennen en remde toen met vier stijve poten vlak voor Chris, Jack en Tessa. Het zand spatte in het rond.

Christina Appelboom lachte toen ze haar hond zag. 'Koesja is ook blij dat het weer lente is,' zei ze.

Tessa veegde het zand van haar rode winterjas af en zei niets. Ze was dol op de grote zwarte herder van haar buurmeisje, maar hij had een paar nare gewoontes. Bijvoorbeeld dat hij overal vlekken en haren achterliet op haar nieuwe kleren, om maar wat te noemen.

Koesja legde een kleddernatte tennisbal voor Chris' voeten neer. Daarna schudde hij zijn vacht uit. Spetters zeewater landden op Tessa's blonde haren.

Jack moest lachen toen hij zag dat zijn zusje een

vies gezicht trok. Hij pakte de bal op en gooide die voor Koesja de zee in. De hond sprong er luid blaffend achteraan. Hij kwispelde zo hevig met zijn staart dat hij elk moment kon opstijgen, als een helikopter.

'Als Koesja gaat zwemmen, is hij dan een zeehond?' grijnsde Jack.

Terwijl Koesja de bal ophaalde, liep hij samen met Chris en Tessa weer verder over het strand. De zon stond nog laag, en ze moesten hun hand boven hun ogen houden om alles te kunnen bekijken. Hoewel het nog te vroeg was voor de toeristen, was er genoeg te zien. Overal reden tractoren met aanhangers over het strand. Ze tuften af en aan met houten palen en schotten. De strandtenten werden weer opgebouwd.

In de winter was er niet veel te doen in Westwijk. Het was een klein vissersdorpje aan zee, waar zo weinig mensen woonden dat bijna iedereen elkaar kende. Maar in de zomer kwamen de toeristen met duizenden tegelijk om hun vakantie aan het strand te vieren. Dan was het superdruk in de populaire badplaats. De hotels en de campings zaten in de zomer bomvol en een heleboel Westwijkers verhuurden ook kamers in hun eigen huis. Er waren feesten in de zomer, de kermis kwam naar Westwijk en er werden veel concerten georganiseerd in het Openluchttheater. Vorige zomer was de beroemde zanger Bo Monti zelfs komen optreden! Jack, Chris, Tessa en Koesja hadden een spannend avontuur met hem beleefd toen hij plotseling verdwenen was. De Vier van Westwijk, zoals ze zichzelf noemden, waren op onderzoek uitgegaan. Ciska Beerenpoot, de plaatselijke journalist van de *Westwijker Courant*, was zowat donkerpaars van woede geworden toen ze haar te slim af waren geweest.

'Ik hoop dat we deze zomer weer spannende dingen gaan meemaken,' zei Tessa terwijl ze keken hoe de strandtenten opgebouwd werden. 'De winter heeft veel te lang geduurd.' Ze sprong snel opzij toen Koesja weer keihard kwam aanrennen en de natte tennisbal tegen haar witte maillot aan duwde.

De Vier van Westwijk liepen langs de strandtent van Fok de Zeeuw, waar zij in de zomer altijd aan het strand lagen. Er stonden alleen nog maar een paar palen en een wapperend tentdoek. Het was bijna niet voor te stellen dat hier over een paar dagen een super-de-luxe strandpaviljoen zou staan. Met grote terrassen, ligbedden en zonnige parasols. In de winter werden de strandtenten allemaal afgebroken. Het werd koud en iedereen bleef binnen. Jack grijnsde breed toen hij Fok de Zeeuw zag. Fok hing boven in een paal en probeerde een paar touwen vast te maken. Hij zag eruit als een dikke, gestreepte vlag.

'Hé, Fok!' Jack zwaaide. 'Waar hang jij uit?' Hij moest lachen om zijn eigen grap.

Fok de Zeeuw probeerde terug te zwaaien en viel bijna uit de paal.

Koesja blafte hard en kwispelde met zijn staart. Zijn dikke, zwarte wintervacht was nat van het zeewater en er kleefde allemaal zand aan. Hij vond het heerlijk om weer lekker buiten te zijn! Met zijn neus duwde hij een aangespoelde kwal omver.

Verderop werden de vakantiehuisjes ook weer opgebouwd. Dat waren pietepeuterige witte hutjes die maar één kamer hadden. Ze waren ontzettend klein, maar iedereen wilde graag zo'n strandhuisje. In de zomermaanden woonden er hele families met zijn allen in één kamertje. De huisjes stonden in lange rijen naast elkaar tegen de duinen aan, als een lang, wit dorp in drie rijen.

Chris haalde haar neus op. 'Ja hoor, het is weer zover,' snoof ze.

Jack en Tessa schoten in de lach. Chris moest er niets van hebben als Westwijk overspoeld werd door toeristen. Als iedereen lekker op het strand aan het spelen was, zat zij vaak gewoon binnen. Vastgeplakt aan die eeuwige computer van haar. Chris woonde haar hele leven al in Westwijk; Jack en Tessa waren nog niet zo lang geleden van de stad hiernaartoe verhuisd. In het begin had Tessa Westwijk aan Zee maar een halfgaar dorp gevonden. Het duurde niet lang voordat ze moest toegeven dat ze het helemaal mis had gehad. Al na hun eerste avontuur in de duinen snapte ze dat haar nieuwe woonplaats heel opwindend kon zijn! Jack en Tessa hielden van de zomer

aan zee en alle gezelligheid die dat met zich mee-
bracht. Chris liet zich meestal morrend meetrekken,
vastbesloten om niet toe te geven dat ze het eigenlijk
best naar haar zin had.

'O jemig, duiken!' riep Tessa ineens in paniek. Jack
en Chris keken haar verbaasd aan. Het was nogal
makkelijk om je op het strand te verstoppen, maar
niet heus! Tessa ging half achter Jack staan, maar het
was te laat. Twee slungelige jongens kwamen op hen
af lopen.

'Hoi, Tessa,' zei de langste. Hij had slierterig haar
in een merkwaardige poepkleur. Hij bloosde tot diep
in zijn nek toen hij Tessa zag.

Koesja ging tussen Chris en de jongens in staan.
Hij keek bijzonder wantrouwend. Wie waren dat? En
waarom kwamen ze zo dichtbij? De grote herder zette

zijn oren naar voren en lette goed op of die vreemden niets raars zouden gaan doen. Maar zijn bazinnetje leek hen te kennen.

'Hé Nico, hé Ens,' zei Chris. De jongens scheurden hun blik los van Tessa en keken naar Chris alsof ze haar nog nooit eerder gezien hadden.

'De computerclub, drie jaar geleden!' zei Chris, diepverontwaardigd dat ze haar niet herkenden.

'O ja,' zei Nico vaag.

'De computerclub?' giechelde Tessa. Ze verborg haar lach snel achter haar hand. 'Dat verklaart alles,' mompelde ze in zichzelf terwijl ze griezelend naar Nico en Ens keek. Toegegeven, de jongens zagen er niet uit alsof ze elke vrijdagavond de sterren van de disco waren. Allebei droegen ze een bruine ribfluwelen broek. Daaronder piepten witte tennissokken vandaan, en slecht gepoetste bruine schoenen. Nico droeg een te dik houthakkershemd, Ens een geblokte spencer met een uitgelubberde V-hals zodat je tenminste nog precies de lekkende pennen in de borstzak van zijn blouse zag.

Chris keek kwaad naar Tessa. Ze vond het bloedirritant dat Tessa zo'n modepopje in de juiste kleren was. En ze vond het nóg erger dat Tessa altijd deed alsof mensen die iets minder perfect waren maar beter niet konden bestaan.

'Hebben jullie gevochten?' vroeg Jack.

Ens legde zijn hand over zijn wang om de schram die daar zat te verbergen. Nico krabde zich verlegen door zijn piekhaar. Ook hij zat onder de butsen en blauwe plekken. Hij bloosde zo mogelijk nóg dieper. Zijn wangen waren bijna paars en hij mompelde iets onverstaanbaars.

'Wat?' vroeg Chris pesterig. 'Ik verstond je niet zo goed.'

'Tegen een deur aan gelopen,' herhaalde Nico ongeduldig. Hij zag eruit alsof hij het liefst heel hard weg wilde rennen.

'Tjee, dat zie je ook niet vaak,' zei Chris, 'dat twee mensen precies tegelijkertijd tegen een deur aanlopen.'

Nico leek het strand ineens erg interessant te vinden. Hij staarde naar het zand alsof hij de zandkorrels aan het tellen was.

Tessa zuchtte ongeduldig. 'Echt waar,' zei ze, 'ik wilde dat we hier nog uren konden blijven kletsen. Maar daar heb ik geen zin in. Gaan jullie mee?'

Toen Koesja het woord 'mee' hoorde, stak hij blij zijn oren omhoog. Hij had er wel zin in om nog een flink eind te lopen.

Nico en Ens staken meteen opgelucht hun hand op en maakten dat ze wegkwamen. Ens struikelde daarbij over een zandkorrel en klapte tegen de grond. Snel krabbelde hij op en liep verder. Ze keken geen van beiden nog om.

'Hallo, die hadden haast om weg te komen,' zei Jack peinzend.

'Die twee kunnen nooit normaal doen,' snoof Tessa. 'Weet je nog van dat feest bij jullie op school, Jack? Toen kwam hij naar onze school toe, van Chris en mij. En hij vroeg me mee naar dat feest, midden op het schoolplein! Iedereen zag het. Ik dacht dat ik doodging.'

'O, is híj dat!' Jack grijnsde. 'Dat is toch diezelfde jongen die jou de hele tijd kaartjes stuurde? Met ruimteschepen erop?'

'En raketten en zo.' Tessa rilde. 'Echt niet normaal. En dan die computerclub...'

Op het moment dat ze het zei, snapte Tessa al dat dat niet zo handig was met Chris in de buurt. Ze keek snel opzij, maar Chris zei niets. Die stapte naast Jack en Tessa voort langs de vloedlijn en schopte het natte zand voor zich uit. Tessa haalde haar schouders op.

Jack besloot dat het hoog tijd was voor een ander onderwerp. 'Zullen we even langs Zeezicht gaan?' vroeg hij. 'En langs Snackpoint Charlie? Ik wil wedden dat Ella en Charlie ook al druk bezig zijn met de voorbereidingen voor de zomer.'

Medisch Centrum Westwijk

Hotel Zeezicht was een van de oudste hotels van Westwijk. Het stond midden in de duinen. Niemand wist van wie het hotel eigenlijk was. Zelfs Ella van Zuilen, die het hotel beheerde, had haar baas nog nooit ontmoet. Ze werkte er nu al jaren, maar had hem nog nooit gezien. Ze spraken elkaar alleen over de telefoon of via e-mail. Chris was dol op Ella en had vaak gefantaseerd dat zij haar moeder was in plaats van mevrouw Appelboom. Ella leek dan ook hele- maal niet op Chris' moeder. Om te beginnen was ze gewoon echt aardig. En ze zeurde niet, dat scheelde ook enorm. Vorige zomer, toen Bo Monti spoor- loos verdwenen was, had Ella de Vier van Westwijk behoorlijk uit de brand geholpen toen ze het raadsel probeerden op te lossen.

Jack, Tessa, Chris en Koesja liepen de gezellige lobby van het hotel binnen. Koesja kwispelde als een bezetene. Altijd als ze langs Ella gingen, betekende dat dat hij iets lekkers kreeg. Maar nu het toeristen- seizoen op uitbarsten stond, had zelfs Ella geen tijd voor hen.

'Hé. Hoi. Leuk dat jullie er zijn,' zei ze terwijl ze langsdraafde met zes op elkaar gestapelde dozen

13

in haar armen. 'Kan ik iets doen? Ik heb geen tijd. Linnengoed en servieswerk. Erg belangrijk.'

De Vier van Westwijk keken elkaar aan. Koesja liet zijn oren en zijn staart hangen. Op deze manier was de lol er snel vanaf, vond hij.

'We komen wel een andere keer terug,' zei Chris.

'Ja,' zei Ella. 'Goed. Welkom in Westwijk.' En ze liep weer snel verder.

Tessa tikte op haar voorhoofd. 'Helemaal gek,' zei ze.

'Zo is het elk jaar,' zei Chris. 'Zodra de zon begint te schijnen, denken de meeste Westwijkers nog maar aan één ding: de toeristen. Die fan-tas-ti-sche mensen die hier de hele zomer geld uit komen geven.'

'Nou ja,' zei Tessa. 'Ze moeten er wel van leven.'

Jack, Tessa, Chris en Koesja liepen over de boulevard richting Snackpoint Charlie. Nu was het er nog praktisch verlaten, maar zodra de eerste schoolvakanties zouden beginnen, zag Westwijk er heel anders uit. Snackpoint Charlie was de enige patatzaak die in de winter open was. In de zomer verschenen er overal ijskramen en snackbars, maar zelfs dan aten de Westwijkers zelf alleen maar bij Charlie. Charlie was een dikke man die altijd een honkbalpet achterstevoren op zijn hoofd had. Hij wist altijd alles van iedereen. Helaas kon hij nog niet het kleinste geheimpje bewaren, dus hij vertelde ook alles meteen weer door aan wie het maar horen wilde. Je kon het net zo goed meteen in de krant zetten.

'Hé, Charlie! Waarom ben je dicht?' riep Chris verbaasd. Snackpoint Charlie was nooit dicht, maar nu hing er ineens een bord op de deur waarop GESLOTEN stond.

Charlie zelf was met een ingewikkelde installatie in de weer. Pas toen hij Chris hoorde roepen, keek hij even op. Hij kwam overeind en haalde de honkbalpet van zijn kale hoofd af. Met een grote geruite zakdoek wiste hij het zweet van zijn voorhoofd en zette de pet weer op. Hij stond te glimmen van trots. 'Ik maak een verwarmd terras,' zei hij. 'Voor als de toeristen komen.'

'Wat een goed idee!' riep Tessa opgewonden.

Chris snoof, maar zei niets.

'Morgen ben ik weer open, jongens,' zei Charlie. 'Maar nu moet ik echt weer even verder.'

Jack keek op zijn horloge. 'We moeten toch naar huis,' zei hij. 'Het is bijna etenstijd.'

Het huis van Jack en Tessa en het huis van Chris stonden naast elkaar in het stille gedeelte van Westwijk. Waar de boulevard ophield, liep een klein weggetje naar het verlaten gedeelte van de duinen en het strand. Daar, op een woeste duinenrij vlak aan zee, stonden twee huizen met rieten daken en beschilderde luiken. Het zag er heel gezellig uit. Bij Jack en Tessa thuis wás het ook leuk. Maar meneer en mevrouw Appelboom, de ouders van Chris, waren nogal vreemde mensen. Meneer Appelboom was altijd aan het werk. Mevrouw Appelboom had het vooral heel druk met roodaangelopen door het huis te lopen en te doen alsof ze ontzettend deftig was.

De Vier van Westwijk namen afscheid bij de deur. Jack en Tessa gingen hun huis binnen door de keuken. Chris en Koesja glipten door de achtertuin naar Chris' kamer, zodat mevrouw Appelboom mischien niet in de gaten zou hebben dat ze al thuis was. Dat was wel zo rustig.

'Christíííííína!' snerpte de stem van mevrouw Appelboom vrijwel meteen. 'Aan tááááááfel!'

Chris zuchtte. Mislukt.

Mevrouw Appelboom had een deftige jurk aan. Er hing een walm van parfum om haar heen. Ze had de tafel uitgebreid gedekt. Er stonden kandelaars en bloemen. Meneer Appelboom zag het niet. Die zat aan het hoofd van de tafel weggedoken achter de *Westwijker Courant* en probeerde zo goed mogelijk níét naar het gebabbel van zijn vrouw te luisteren.

Vanuit haar ooghoeken loerde Chris naar de voorpagina van de krant. GEHEIMZINNIGE INBRAAK IN ZIEKENHUIS, stond er in grote letters. Daaronder een foto van het Medisch Centrum Westwijk. Chris probeerde te lezen wat er in het artikel stond, maar de hand van haar vader zat ervoor.

'Wat is er uit het ziekenhuis gestolen?' vroeg Chris.

'Hump,' zei haar vader. 'Beuh.' Hij ritselde met de krant.

'Allemaal onzin, Christina,' zei mevrouw Appelboom. 'Wil je gegrilde aubergines bij de kip parmezaan? Ik heb een nieuw recept uitgeprobeerd.'

Er was een nieuwe Italiaanse winkel geopend, bedoelde ze zeker. Mevrouw Appelboom deed altijd alsof ze uren in de keuken stond. Maar Christina wist maar al te goed dat haar moeder eigenlijk de hele middag zat te bridgen met haar opgepoetste vriendinnen. Daarna haalde ze nog snel wat eten bij de winkel en deed alsof ze het zelf had klaargemaakt. Volgens Chris zou ze een pan nog niet herkennen als die op haar hoofd vastgebonden was.

Toen ze eindelijk klaar waren met eten, gingen Chris en Koesja snel naar haar kamer. Chris zette haar computer aan. Als haar vader en moeder haar niet wilden vertellen wat er gebeurd was, kwam ze daar zelf snel genoeg achter. Chris was een hacker. Met haar computer brak ze moeiteloos in in allerlei systemen. Jack vond dat geweldig aan haar en probeerde altijd uit te vissen hoe ze het deed. Maar Tessa wilde er niets van weten. Die was ervan overtuigd dat Chris nog een keer gearresteerd zou worden. Op de website van de *Westwijker Courant* las Chris het artikel over de inbraak in Medisch Centrum Westwijk. Het was geschreven door Ciska Beerenpoot, dus daar werd ze niet veel wijzer van. Ciska Beerenpoot was een waardeloze journalist. Iedereen wist dat, behalve Ciska zelf. Die was ervan overtuigd dat ze wereldberoemd zou worden als ze maar een keer een goede primeur te pakken zou krijgen. Dat was ook de reden dat zij en de Vier van Westwijk elkaar zo vaak in de haren zaten. Ciska speurde naar nieuws, maar Chris, Jack, Tessa en Koesja waren haar bij het oplossen van raadels tot nu toe telkens te slim af geweest.

In het artikel van Ciska over het ziekenhuis stond alleen dat er ingebroken was in het laboratorium. Maar wat er nou precies gestolen was, had ze dan weer net niet opgeschreven. Alleen echte journalisten wilden tenslotte het naadje van de kous weten. Chris grinnikte, draaide de deur van haar kamer op slot en liep terug naar haar computer.

'Daar gaan we, Koes,' zei ze tegen haar hond.

Koesja legde zijn voorpoten op Chris' schoot en keek mee. Hij vond het meestal maar saai als Chris achter haar computer zat. Hij ging liever de duinen in om op konijnen te jagen. Hij knorde ontevreden en legde zijn kop op zijn poten.

Chris typte een paar regeltjes code in, en versleutelde een wachtwoord. Toen was ze binnen in het systeem van Medisch Centrum Westwijk. Snel klikte ze de schermen langs, totdat ze vond wat ze zocht.

'Menselijk weefsel?' zei ze verbaasd tegen Koesja. 'Waar slaat dat nou weer op?'

Er ging een lichtje knipperen op Chris' scherm. Snel verliet ze de database van Medisch Centrum Westwijk en sloot haar computer af. Inbreken in een systeem was één ding, maar je moest nooit te lang blijven hangen. Dan werd de kans om betrapt te worden ineens heel groot!

Chris ging op haar bed liggen en vouwde haar armen achter haar hoofd. Koesja sprong op haar voeteneinde en rolde zich op. Hij knorde tevreden en viel met zijn kop op zijn poten in slaap. Chris bleef nog lang voor zich uitstaren. Waarom zou iemand menselijk weefsel willen stelen? Trouwens, ze begreep niet eens helemaal wat dat betekende.

De volgende dag op weg naar school besprak ze het met Jack en Tessa.

'Oooo, ik wilde maar dat je niet de hele tijd inbrak in de computers van andere mensen,' kreunde Tessa. 'Je trapt toch ook niet zomaar de deur open bij huizen die niet van jou zijn?'

Maar Jack keek Chris met stralende ogen aan. 'Ik heb dat ook in de krant gelezen,' zei hij. 'Maar van dat menselijk weefsel stond er niet in.'

'Misschien willen ze het geheimhouden,' zei Chris.

Ze fietsten de weg naar het dorp in. Zodra ze de hoek om waren, remden ze plotsklaps af. Geschrokken keken ze elkaar aan.

De sporen van de klauw

Achter de boulevard liep de Hoofdstraat dwars door het dorp heen. Het was de gezelligste straat van Westwijk, met lange rijen winkels en terrasjes. Maar vandaag zag de Hoofdstraat eruit alsof er een bom was ontploft! De etalageruiten van de winkels lagen aan scherven. Overal lag glas op de grond. Twee auto's waren tot moes geslagen. De winkeliers schreeuwden door elkaar heen en wezen naar hun vernielde spullen. Er stonden twee politieauto's met blauwe zwaailichten midden op straat geparkeerd.

Jack, Tessa en Chris stapten van hun fiets af. Ze keken elkaar aan.

'Wie d-dóét er zoiets?' stamelde Tessa.

'Zinloos geweld,' mompelde Chris.

'Alsof er zoiets bestaat als "zinvól geweld",' sneerde Tessa. 'Iedereen die zomaar spullen of mensen begint te slopen is niet goed snik. Moet je kijken wat een bende!'

De ravage was inderdaad enorm. Tessa en Chris keken naar de politieagenten die uit de auto's sprongen. Ze probeerden te praten met de winkeliers, maar die waren zo overstuur dat ze alleen nog maar konden schreeuwen.

Jack keek peinzend langs de gevels van de huizen. Hij leek diep in gedachten verzonken.

Toen drong een lange bonenstaak van een vrouw zich tussen de politie en de winkeliers in. Ze had wapperende oranje haren en een geel paardengebit. Haar paarse flodderjurk wapperde aan alle kanten en om haar armen had ze vier miljoen armbanden die meerinkelden met elke beweging die ze maakte. De vrouw hield een blocnote en een pen voor zich uit gestoken. Met schrille stem begon ze vragen te stellen.

'Wat gaat er op dit moment door u heen?' kakelde ze tegen mevrouw Ensink van de snuisterijenwinkel. 'Wilt u dat de daders van deze laffe actie gestraft worden?' Verwachtingsvol hield ze haar pen boven het papier.

'Geweldig,' zei Chris met een grafstem. 'Ciska Beerenpoot is er ook. Het feest kan beginnen.'

'Mevrouw, u stoort het politieonderzoek,' zei een van de agenten tegen Ciska Beerenpoot.

Die trok zich daar niets van aan. Ze keek de winkelierster diep in de ogen en fluisterde toen met onheilspellende stem: 'Denkt u dat de toeristen deze zomer zullen wegblijven als ze erachter komen dat het gevaarlijk is in Westwijk aan Zee?'

De winkelierster begon te huilen. Ciska Beerenpoot leek tevreden. Ze maakte snel een aantekening op haar blocnote.

Tessa haalde haar neus op. 'Walgelijk mens,' zei ze.

'We komen te laat op school,' zei Jack. 'We moeten echt gaan.'

Net toen Chris, Tessa en Jack weer op hun fiets wilden stappen, kwam Charlie de Hoofdstraat in gerend. Hij zag er verwilderd uit. Zijn hoofd was knalrood en hij hijgde als een knollenpaard. Met zijn rechterhand greep hij naar zijn hart.

'Mijn... verwarmd... terras!' Charlie bleef staan toen hij de kinderen zag. Hij greep zich vast aan Chris' fietsstuur en klapte dubbel van het hijgen. Chris klopte hem onhandig op zijn rug. Ze wilde maar dat Koesja bij hen was. Die wist altijd precies hoe hij iedereen weer moest opvrolijken. Maar Koesja zat thuis op haar kamer te wachten tot ze weer terugkwam uit school. En Chris zelf had geen idee wat ze moest zeggen. Charlie kwam overeind. Hij haalde weer adem als een normaal mens.

'Mijn verwarmd terras!' jammerde hij. 'Alles aan gruzelementen!' Toen zag hij de politieagenten. 'Politie!' riep hij, en hij stak zijn hand in de lucht. 'Politíé-íé-íé-íé!' Zonder de kinderen verder nog een blik waardig te keuren liep hij door. Jack, Chris en Tessa keken elkaar aan. Dit was wel heel vreemd!

'Arme Charlie,' zei Tessa. 'Hij was nog wel zo trots op zijn nieuwe terras.'

Chris snoof en wilde iets zeggen. Maar toen ze zag hoe kwaad Tessa ineens naar haar keek, hield ze snel haar mond.

'Laten we maar gaan,' zei ze vlug. 'We komen veel te laat.'

Ze stapten op hun fiets en draaiden om. Met al dat glas leek het hun geen goed idee om door de Hoofdstraat naar school te fietsen. Op de boulevard reden ze langs Snackpoint Charlie, waar het nieuwe terras aan splinters was geslagen. Het leek nog het meest op een spelletje Mikado: overal stukken hout kriskras door elkaar.

'Oké, ik vond dat verwarmd terras belachelijk,' zei Chris kwaad. 'Maar dit gaat te ver!'

'Arme Charlie,' zei Tessa nog een keer.

Jack zei niets. Die staarde naar het terras alsof hij nog nooit zoiets interessants had gezien.

Tessa hield hem in de gaten. 'Wat zit je nou dom te kijken?' zei ze geïrriteerd.

Jack keek op. 'Zien jullie niks vreemds?' zei hij.

'Als je even niet meerekent dat alles aan puin geslagen is,' zei Tessa, 'dan is het een dag als alle andere.' Ze zuchtte diep. Af en toe kon haar broer ingewikkeld doen om niks.

Jack, Tessa en Chris fietsten met zijn drieën verder over de brede boulevard. Aan het einde sloegen ze links af, in de richting van de haven.

'Wat nogal raar is,' begon Jack weer, 'is dat niet alleen alle winkels en Snackpoint Charlie gesloopt zijn, maar ook de huizen erboven. Hebben jullie dat niet gezien?'

'Ik begrijp niet waarom dat nou zo belangrijk is,' zei Tessa gapend.

'Nou, als dit inderdaad het werk is van vandalen,

dan zijn ze wel supersterk,' zei Jack. 'Of ken jij soms mensen die tegen de muren op kunnen lopen? Zodat ze tenminste ook op de eerste en tweede verdieping schade kunnen aanrichten?'

Chris en Tessa keken Jack aan. Dat was inderdaad een beetje vreemd! Maar voordat ze er iets over konden zeggen, denderde er een grote boot de haven in. Het schip maakte zoveel herrie dat ze elkaar niet meer konden verstaan.

De haven van Westwijk was al heel oud. Al lang voordat het dorp van het toerisme leefde, trokken de vissers elke dag met hun boten de zee op om vis te vangen.

Jack, Tessa en Chris keken hoe de boot binnenvoer. De golven die het schip maakte, rolden tegen de kademuren en sloegen daarna spetterend terug.

'Kijk nou!' Jack wees opgewonden naar de boot, die een enorme rode boei achter zich aan sleepte. Boven op die boei stond een stellage, met daarop een lamp. Deze boeien lagen normaal op vaste punten in de zee, zodat de schepen wisten hoe ze moesten varen. Alleen als ze gerepareerd moesten worden, werden de boeien aan wal gehesen.

Jack, Chris en Tessa stapten af en gingen met zijn drieën op een rijtje over het hek hangen dat op de kademuur stond. Ze keken elkaar met grote ogen aan. Dit was niet normaal! Op de boei stonden drie enorme krassen! Zo groot dat het wel de sporen van een monsterachtige klauw leken.

'Jack, wat is dat?' vroeg Tessa rillend.

Jack haalde zijn schouders op. 'Weet ik veel. Maar ik wil wedden dat het iets te maken heeft met de Hoofdstraat. En met Snackpoint Charlie. Een of ander gruwelijk sterk iemand is Westwijk aan het mollen!'

'Maar waarom?' vroeg Chris verwonderd.

De boot meerde aan. Drie vissers in donkerblauwe truien kwamen aanlopen. Een van hen klom op een oude, verroeste kraan. Hij startte de motor en langzaam kwam er ratelend een grote ketting met een haak eraan naar beneden. De twee andere vissers maakten de haak vast aan de boei. Toen hij goed vastzat, staken ze hun duim op naar de man op de kraan. De motor begon te brullen en langzaam werd de grote zeeboei uit het water gehesen.

Jack, Chris en Tessa keken ademloos toe. De klauwsporen gingen heel ver door naar beneden. Dat konden ze goed zien, nu de boei niet meer in het water lag. Tessa huiverde.

Op de kade staken de vissers de koppen bij elkaar. 'Het is het monster!' riep een van hen. Hij had een lange grijze baard en een blauwe pet op zijn hoofd. Hij leek wel honderd jaar oud, met een verweerd gezicht vol rimpels. 'Het is het monster van de zee!' riep hij. Hij schudde met zijn vuist naar de hemel. Er volgde angstig geroezemoes onder de andere vissers.

'Het monster van de zee?' zei Tessa. 'Wat is dat nou weer voor iets onbenulligs?'

'Het is een oude legende,' zei Chris. 'Een verhaal dat al eeuwen in Westwijk verteld wordt. Vroeger, als een schip niet terugkwam van zee, zeiden ze hier in het dorp dat het schip gepakt was door het monster van de zee. Sommige vissers zeggen zelfs dat ze hem weleens gezien hebben. Allemaal onzin natuurlijk.'

'O ja?' zei Jack. 'En hoe komen die gigantische sporen dan op die boei? Denk je soms dat die gemaakt zijn door een babyharing met een rothumeur?'

Tessa giechelde.

'O jemig!' riep Chris ineens. 'Het is al tien over negen. En de meester heeft gezegd dat, als ik nog één keer te laat kom, ik een stuk of vierduizend strafregels krijg.'

Chris, Jack en Tessa sprongen op hun fiets en reden snel de haven uit. Achter hun rug hing de knalrode boei met de sinistere sporen te glanzen in de zon.

Het monster van de zee

'Ja, als je hartjes op de i begint te schrijven, dan weet de meester metéén dat ik het niet zelf heb gedaan,' zei Chris. Ze hing over Tessa's schouder en keek naar de volgeschreven vellen papier.

De Vier van Westwijk zaten op Chris' kamer en schreven met zijn allen de strafregels die Chris die morgen op school had opgekregen.

'Vijfhonderd strafregels!' kreunde Tessa. 'Dat zijn er vijfentwintig voor elke minuut die je te laat was!'

'Ik vind het ook tamelijk overdreven.' Chris knikte. 'Vooral omdat jij net zo vaak te laat was als ik en jij van jouw juf helemaal geen strafwerk kreeg.'

Tessa lag midden in de kamer op haar buik en schreef de ene na de andere regel vol. Jack zat op Chris' bed en schreef met een schrift op zijn schoot. Chris zat achter haar computer en probeerde een programma te maken dat met één druk op de knop vijfhonderd strafregels kon schrijven. Tot nu toe was dat niet gelukt. Koesja liep tussen de drie kinderen heen en weer en sloeg ongeduldig met zijn staart op de grond. Hij was nog wel zo blij geweest toen ze uit school kwamen! Dan konden ze tenminste eindelijk naar buiten. Maar in plaats daarvan had Chris hem

even snel uitgelaten en toen waren ze weer teruggegaan naar haar kamer om huiswerk te maken. Het
moest niet veel gekker worden!

'WAF!' blafte hij kwaad, en hij duwde zijn neus
onder Tessa's arm door.

'Hé!' riep Tessa. 'Pas op! Nu heb ik een streep!'

De hond plofte met een zucht naast haar neer en
knorde ontevreden. Jack en Tessa schreven verder aan
Chris' strafwerk terwijl Chris de scanner aansloot op
haar computer.

'Het moet toch mogelijk zijn om mijn computer
die strafregels te laten schrijven,' zei Chris. 'Anders
heb ik mooi voor niks drie jaar bij die computerclub
gezeten.'

Jack keek op van zijn schrift. 'Nou je het daar toch
over hebt,' zei hij. 'Weet je die halvegaren Nico en
Ens nog, die we toen op het strand tegenkwamen?
Die jij nog kende van die computerclub?'

Tessa maakte vanaf de grond een raar geluid.

Jack negeerde haar. 'Ik heb het derde uur wiskunde met die twee. Tenminste, ze geven bijles aan
mijn klas, want zij zitten natuurlijk al in de vierde.'

Chris ramde kwaad op het toetsenbord. Jack keek
naar haar rug.

'Ze waren er niet vandaag. Allebei niet. Wel
een beetje raar, vind je niet? Net op de dag dat half
Westwijk is afgebroken. En ze hadden toen van die
rare blauwe plekken en krassen op hun gezicht.'

Chris draaide zich om op haar stoel. Zelfs Tessa

keek op. Even zei niemand iets. Toen begonnen Chris en Tessa allebei hard te lachen. Koesja sprong opgewonden blaffend om hen heen.

'Ja hoor,' proestte Tessa. 'Nico en Ens, de superhelden die tegen gevels kunnen op lopen. Omdat ze namelijk zo ver-schrik-ke-lijk sterk en stoer zijn.'

'Nico begon een keer te huilen als een meisje, alleen maar omdat Koesja naar hem keek,' zei Chris. 'En Ens heeft ook niet bepaald de spierballen van Superman. Zijn bovenarmen lijken behoorlijk op spaghetti.'

'Waf, WAF!' Koesja kwispelde.

Tessa rolde opnieuw om van het lachen.

'Ik zeg niet dat ze het gedáán hebben,' zei Jack. 'Ik zeg dat er misschien ook wel iets met hén gebeurd is.'

Chris en Tessa waren meteen stil. Daar hadden ze helemaal niet aan gedacht.

'Ik weet waar Nico woont,' zei Chris. 'Mijn moeder speelt bridge met zijn moeder. Misschien kunnen we er even langsgaan met een smoes.'

'Echt niet,' zei Tessa meteen. 'Ik ben net van hem af. Als ik nu bij zijn huis aanbel, denkt hij natuurlijk meteen weer dat hij toch een kans maakt.'

'Niet als hij in de kreukels ligt,' zei Jack. 'Dan heeft hij echt wel wat anders aan zijn hoofd.'

'We doen het,' besliste Chris.

Tessa trok haar mond tot een streep en boog zich nijdig over Chris' strafregels. De rest schreef ze zo slordig mogelijk.

Pas toen Jack en Tessa Chris' strafwerk hadden gemaakt, gaf Chris haar pogingen op er een computerprogramma voor te schrijven. Koesja stond al aan de tuindeuren te krabben met zijn oren gespitst. Gíngen ze nou eindelijk?

Even later fietsten ze met zijn drieën over de boulevard. Koesja sprong blaffend rondjes om hen heen.

'Hij denkt dat we schapen zijn,' zei Chris. 'Schapen die hij bijeen moet drijven. Koes, ga op de stoep lopen! Op. De. Stoep!'

De grote, zwarte herder sprong op de stoep en draafde braaf naast de fietsen naar het dorp.

'Zullen we langs de vuurtoren fietsen?' zei Chris. 'Voor het geval er nog glas ligt in de Hoofdstraat?'

Ze zwenkten het dorp in. De vuurtoren van Westwijk was vanuit het hele dorp te zien, waar je ook stond.

'Waarom wordt hij eigenlijk niet meer gebruikt?' vroeg Jack.

Chris schudde haar hoofd. 'Weet ik niet,' zei ze, 'maar hij doet het al heel lang niet meer. Het is een van de oudste vuurtorens van Nederland. Toen we klein waren, vertelden onze moeders altijd dat de kinderen niet door de ooievaar werden gebracht, maar dat ze uit de vuurtoren kwamen.'

'Best wel jammer dat hij niet meer wordt gebruikt,' zei Tessa. Ze keek omhoog naar de hoge, witte toren. Helemaal bovenin was een torenkamertje van glas, met een grote lamp erin. 'Hij ziet eruit alsof hij het nog doet.'

'Vroeger staken ze 's nachts de lamp boven in de toren aan om de schepen te waarschuwen dat ze te dicht bij land kwamen,' zei Chris. 'Maar misschien hebben die schepen tegenwoordig wel een TomTom, net als auto's. Nu komen er in de zomer alleen maar hordes toeristen naartoe. Die vinden het blijkbaar geweldig interessant om een vuurtoren vanbinnen te bekijken.'

Chris stak eigenwijs haar kin in de lucht. Jack en Tessa rolden met hun ogen. Als het over toeristen ging, vond Chris echt álles stom. Dat wisten ze nou wel.

Ze sloegen rechts af en reden toen een woonwijk binnen. Chris stopte bij een rijtjeshuis waar een groot bord in de tuin stond. Daarop was geverfd: ZIMMER UND FRÜHSTÜCK. Dat betekende dat de moeder van Nico in de zomer een kamer aan toeristen verhuurde, zoals zoveel Westwijkers.

Tessa verstopte zich achter een conifeer. 'Bellen jullie maar aan,' zei ze. 'Ik wil niet dat die mafkees me hier ziet.'

Chris en Jack liepen met Koesja tussen hen in het tuinpad op. Ze keken elkaar even aan. 'Wat zullen we zeggen?'

'Jij hebt toch met hem op die computerclub gezeten?' vroeg Jack. Misschien kun je daarover beginnen.'

Chris trok een gezicht alsof Jack niet helemaal goed bij zijn hoofd was en belde aan. Even later hoorden ze voetstappen in de gang en toen ging de deur open.

Nico's moeder glimlachte stralend en sloeg verheugd haar handen ineen. '*Willkommen in Westwijk!*' zei ze hartelijk. Maar toen ze zag dat het geen vroege toeristen waren die voor de deur stonden, betrok haar gezicht. 'O, jullie komen zeker voor Nico,' zei ze chagrijnig. 'Hij is er niet, hoor. Geen idee waar hij de hele tijd uithangt.'

'Maar hebt u hem vandaag wel gezien?' vroeg Jack.

Nico's moeder werd vuurrood. 'Wat is dat nou voor een vraag? Natuurlijk wel. Maar hij moest nog iets met Ens doen vanmiddag.'

'O,' zei Jack

'O,' zei Chris.

Op dit soort momenten misten ze Tessa enorm. Die kon liegen of het gedrukt stond en had altijd een praatje klaar. Helaas stond Tessa verdekt opgesteld en ze was beslist niet van plan zich te laten zien.

Koesja ging voor Chris staan en keek kwaad. Het beviel hem helemaal niet hoe Nico's moeder tegen haar praatte.

'Terug, Koes,' zei Chris. En toen, onhandig: 'Nou, dag mevrouw!' Struikelend maakte ze zich uit de voeten. Jack en Koesja liepen achter haar aan.

'Tsssss,' hoorden ze Nico's moeder nog zeggen voordat ze de deur met een klap dichtsmeet.

'Wat een raar mens,' mompelde Jack.

'Echt wel,' zei Chris. Maar ze vond stiekem dat Nico's moeder nog best meeviel in vergelijking met mevrouw Appelboom.

Tessa kwam achter de conifeer vandaan. 'En?' vroeg ze.

'Niets,' zei Jack. 'Als het Ens en Nico waren, had zijn moeder echt wel iets gemerkt.'

'Dus zijn we terug bij af?' zei Tessa nijdig.

Jack haalde zijn schouders op. 'Misschien zijn degenen die dit gedaan hebben weer weg. Ergens anders heen.'

'En die klauwsporen dan?'

'Dat kan van alles zijn. Misschien hadden ze een tang, of een ijzeren hark,' zei Jack. 'Volgens mij hebben we ons druk gemaakt om niets.'

'Jammer,' zei Tessa, 'ik had wel weer zin in een nieuw avontuur.'

Maar de volgende dag al bleek dat Jack het mis had.

En niet zo'n beetje ook! Toen Chris 's morgens aan de ontbijttafel verscheen, lag de *Westwijker Courant* keurig klaar naast het bord van meneer Appelboom. Op de voorpagina stond in grote letters: OPNIEUW AANSLAGEN IN WESTWIJK! En daaronder: TOERISTEN ZULLEN WEGBLIJVEN. Toen haar moeder even naar de keuken liep, pakte Chris snel de krant. Ook al wist ze dat haar vader kwaad zou worden als er het kleinste kreukje in zou komen. Maar daar dacht ze niet meer aan toen ze zag wat erin stond.

De nacht daarvoor, toen heel Westwijk lag te slapen, had het monster opnieuw toegeslagen. Deze keer had hij het gemunt op de vissersvloot. In de kleine haven waren twee schepen tot moes geslagen en vier andere boten waren zelfs half tot zinken gebracht! Ciska Beerenpoot had zich flink uitgeleefd in het artikel. Ze praatte de oude vissers na. Het was allemaal de schuld van het monster van de zee, dat wraak kwam nemen omdat zij zijn vissen vingen. Over één ding waren ze het eens: Westwijk was in groot gevaar! Er stond een grote foto bij het artikel. Helaas kon je de halfgezonken schepen daarop niet zo goed zien, omdat Ciska Beerenpoot ervoor stond.

Zinloos geweld

Toen meneer Appelboom de kamer in kwam, kwam mevrouw Appelboom meteen met een stralende glimlach uit de keuken. 'Goedemorgen, schát. Ik hoop dat je honger hebt, want ik heb een frittata gemaakt,' zei ze.

Chris bedacht dat ze toch echt eens moest uitzoeken waar die Italiaanse winkel nou precies zat. Maar nu even niet. Haar vader keek haar woedend aan.

'Wel potverhierengunder,' dreunde hij. 'Wat doe je met mijn krant?'

'Sorry,' mompelde Chris. Ze legde snel de krant weer neer, pakte een stuk van het Italiaanse gebakken ei en maakte dat ze wegkwam. Terwijl ze door de tuin naar Jack en Tessa liep, gaf ze Koesja er de helft van en propte zelf de rest naar binnen. Ze opende de keukendeur van het huis van Jack en Tessa en stapte de grote, gezellige keuken binnen. Mevrouw Loman stond achter het fornuis.

'Hoi, Chris,' zei ze vrolijk. 'Jij bent vroeg voor de zaterdag. Ik ben pannenkoeken aan het bakken. Wil je ook?'

Mevrouw Loman zwiepte met de pan en er vloog een pannenkoek door de lucht. Koesja stond kwijlend te wachten tot die op de grond zou vallen, maar hij landde keurig op zijn andere kant in de pan.

'Loop maar door naar binnen, hoor,' zei mevrouw Loman. 'Jack en Tessa zitten aan tafel.'

Chris stak haar hoofd om de hoek van de woonkamerdeur. Jack en Tessa zaten achter een enorme stapel pannenkoeken met poedersuiker, jam, appelmoes en stroop. Daarnaast stond een schaal met dampende verse wafels en een bus slagroom ernaast. Koesja stak zijn neus in de lucht en snuffelde luidruchtig. Het rook hier verrukkelijk!

'Hé, Chris!' zei Jack. 'Jij bent vroeg!' Meteen daarna gebaarde hij dat ze stil moest zijn en knikte naar zijn vader. Meneer Loman was de burgemeester van Westwijk. Iets wat vooral mevrouw Appelboom erg interessant vond. Normaal was hij ontzettend aardig, maar nu liep hij met grote stappen door de kamer heen en keek kwaad. Hij voerde een telefoongesprek en moest zich blijkbaar beheersen om niet heel hard te gaan schreeuwen.

'Dit is zeer ernstig,' zei hij. 'Ja, ik wéét dat het toeristenseizoen op uitbarsten staat. Maar als het niet veilig is in Westwijk, moeten we dat laten weten.'

Chris keek even naar Jack en Tessa. Waar gíng dit over? Tessa schudde haar hoofd: nu even niet. Chris haalde haar schouders op. Ze pakte een verse wafel en spoot er een torentje slagroom op. Koesja sprong met zijn voorpoten op haar schoot en duwde zijn zwarte snoet erin. Hij keek haar aan alsof hij wilde zeggen:

37

hoor eens, dat lust ik dus óók heel graag.

'Geen sprake van!' brulde burgemeester Loman door de telefoon. De Vier van Westwijk keken geschrokken op. 'Dit gaat níét in de doofpot! Ik wéét dat de toeristen belangrijk zijn voor Westwijk. Maar we hebben er ook niks aan als de kranten straks vol staan met afgrijselijke berichten. Bijvoorbeeld over toeristen die met zijn tienen door een etalageruit zijn gegooid. Of dat hun kinderen opgevreten zijn door het monster van de zee!'

Meneer Loman gooide woedend de telefoon erop. Toen draaide hij zich om naar Jack, Tessa en Chris. Koesja duwde zijn kop tegen Chris' knieën aan. De grote hond vond het maar gek dat meneer Loman zo schreeuwde. Normaal deed hij niet zo raar.

Burgemeester Loman perste er een glimlach uit. 'Goedemorgen, Chris. Jij bent vroeg!'

Chris begon zich serieus af te vragen of er ergens een echoapparaat verstopt was.

'Wat was dat, papa?' vroeg Tessa.

Haar vader glimlachte zó overdreven dat zijn oorlelletjes ervan kraakten. 'O, niets,' zei hij. 'Werk.'

'Gaat het soms over die klauwsporen?' vroeg Tessa met een onschuldig gezicht. Intussen smeerde ze een dikke laag appelmoes over haar pannenkoek.

Meneer Loman keek geschrokken op. 'Wat weten jullie daarvan?!'

'Nou ja, de krant staat er vol mee,' zei Jack. Hij hield een verkreukelde *Westwijker Courant* omhoog.

Meneer Loman ging aan tafel zitten. Hij pakte een wafel van de schaal en begon hem tussen zijn vingers te verkruimelen. Koesja ging meteen aan zijn voeten liggen en ving de kruimeltjesregen op in zijn bek.

'Maar papa, je gelooft toch niet echt dat er een of ander idioot monster uit de zee is gekropen? En dat dat zogenaamde zeemonster Westwijk aan het slopen is?' vroeg Jack.

'Nou nee, dat ook weer niet,' zei zijn vader. 'Maar er is wel íémand bezig. Een of andere gevaarlijke gek. En het probleem is: de mensen uit Westwijk willen niet dat het bekend wordt. Ze zijn bang dat de toeristen dan ergens anders hun vakantie gaan vieren.'

'Opgeruimd staat netjes,' grinnikte Chris. Maar toen ze zag hoe ernstig meneer Loman keek, hield ze snel haar mond.

'Maar we kunnen dat toch niet geheimhouden?' riep Tessa verontwaardigd. 'Trouwens, het ís al bekend.' Ze hield de *Westwijker Courant* omhoog.

'Alsof iemand Ciska Beerenpoot gelooft,' zei Chris.

'Dát, en alleen hier wordt de *Westwijker Courant* gelezen,' zei meneer Loman. 'Ik wil het in de landelijke kranten zetten. En het misschien vertellen in het televisiejournaal. Maar iedereen is daartegen. De hotels, de campings, de restaurants, alle mensen die kamers verhuren...'

'Heel Westwijk dus,' concludeerde Chris.

Burgemeester Loman knikte ernstig. 'Als dit niet opgelost is voordat de toeristen komen, zal ik moeten ingrijpen. En dat betekent dat ik ruzie krijg met het hele dorp.'

De Vier van Westwijk keken elkaar aan: het was de hoogste tijd dat ze op onderzoek uitgingen!

Een uurtje later liepen ze door de haven. Het zag er daar verschrikkelijk uit. Het leek wel alsof er een orkaan had gewoed. Het standbeeld van de beeldschone zeemeermin die de haven bewaakte, was van haar sokkel gerukt. Alleen een stukje van haar staart was achtergebleven. Van de vissersvloot was weinig meer over. Een paar schepen lagen half onder water. Het was een ontzettend triest gezicht. De twee schepen die nog dreven, waren volledig gemold. Bij eentje hing de mast zielig naar beneden en bij een

andere was de hele roef eraf gerukt. Koesja stak zijn oortjes naar voren en jankte zacht.

Jack stootte Chris zachtjes aan. Chris rilde en knikte nauwelijks merkbaar. Ook zij had gezien wat Jack bedoelde: bij de twee schepen die nog dreven waren de sporen duidelijk zichtbaar. Over de zijkanten en op het dek stonden lange strepen van een monsterachtige klauw in het staal gekrast. Op de kade schreeuwden de vissers door elkaar heen.

'Het zijn de klauwen van het monster!'

'De zee komt eindelijk wraak nemen!'

'Hij is groot, en groen en hij heeft klauwen als boomstammen! Ik heb hem zelf gezien! Jeron van de Neeltje Harmina is gekapseisd toen hij hem achternaging.'

'We gaan allemaal naar de kelder!'

Ciska Beerenpoot fladderde met haar blocnote tussen de vissers door en schreef alles op. Ze droeg vandaag een strakke broek met streepjes en een blouse met bloemen. Daaroverheen wapperde een jas met felgroene ruitjes.

'Helemaal gek,' zei Tessa. 'De zee komt wraak nemen... Kan het nog stommer?'

'Laten we naar Ella gaan,' zei Chris. 'Die is op dit moment denk ik de enige die nog normaal kan doen.'

De Vier van Westwijk liepen de haven uit en sloegen de weg door de duinen in, in de richting van hotel Zeezicht.

'Papa heeft gelijk,' zei Jack. 'Als dit zo doorgaat, is het hier niet veilig voor de toeristen.'

'Het is ook niet bepaald veilig voor ons,' snauwde Chris. 'Wat kan mij die toeristen schelen?'

Koesja liep naast haar. Hij liet zijn staart en zijn oren hangen en jankte zachtjes. Chris aaide hem door zijn dikke vacht.

'Zie je wel? Koes vindt het ook,' zei Chris. 'Honden hebben daar een instinct voor. Wist je dat alle honden de stad verlaten hadden een uur voordat de vulkaan in Pompeji uitbarstte? Iedereen was dood. Maar de honden wisten het.'

Tessa gaapte uitgebreid, zó interessant vond ze het. Maar toen stond ze opeens stil. Ze greep Jack bij zijn arm. Hij volgde haar blik. Verderop in de duinen liepen Nico en Ens. Ze hadden een soort zendertje bij zich en waren druk in gesprek. Het leek wel alsof ze ruziemaakten. Toen Jack, Tessa, Chris en Koesja dichterbij kwamen, hielden ze snel op met praten.

'O hoi, Tessa,' zei Nico. Hij lachte naar haar.

Chris schraapte nadrukkelijk haar keel. Tessa kon Nico alleen maar aanstaren. Hij en Ens zagen eruit alsof ze in elkaar getimmerd waren!

'Hebben jullie ruzie gehad of zo?' vroeg Tessa argwanend.

Nico wreef over de bloedende schrammen en korsten op zijn gezicht. Ens probeerde met zijn vingers zijn vettige piekhaar over de blauwe plekken op zijn wangen te kammen.

'We hebben gevoetbald,' mompelde hij. 'Kom Niek, we gaan.'

Ens sleurde Nico mee aan zijn arm. Nico keek over zijn schouder om. 'Dag, Tessa!' riep hij nog. Tessa stak haar vinger in haar mond en deed alsof ze moest kotsen. Koesja, Jack en Chris keken de twee jongens na.

'Gevoetbald, m'n neus,' snoof Jack. 'Alsof die twee een bal van dichtbij zouden herkennen.'

'Lekker belangrijk,' zei Tessa ongeduldig. 'Gaan we nou nog naar Ella, of hoe zit dat?'

Het was stil in het restaurant van Zeezicht. Alleen de gezusters Brontje zaten gezellig samen aan de thee. De gezusters Brontje waren twee oude dametjes die het grootste gedeelte van de tijd in Hotel Zeezicht woonden. Ze zaten meestal te kaarten, en op dinsdag speelden ze bridge met mevrouw Appelboom en de moeder van Nico.

Meestal als de Vier van Westwijk bij Ella langskwamen, trakteerde ze hen op thee en taart, maar nu had ze het daar te druk voor. Ze liep met bloemstukjes en een stapel servetjes de tafeltjes langs. De kinderen liepen achter haar aan terwijl ze doorging met haar werk.

'Het monster van de zee, wat een onzin,' zei Ella. 'Er is helemaal niets aan de hand. Een beetje vandalisme, dat gebeurt overal. Er is helemaal geen reden tot paniek.'

'Geen reden tot paniek?!' riep Chris kwaad. 'Ben jij wel helemaal lekker? De halve winkelstraat is afgebroken. De hele haven ligt aan puin. Het terras van Snackpoint Charlie ziet eruit als een doosje lucifers. Maar het enige waar jij aan denkt is dat je lieve toeristen het geld met kruiwagens tegelijk Zeezicht komen binnenkarren.'

De gezusters Brontje keken nieuwsgierig op.

'Je hoeft niet zo'n keel op te zetten,' zei Ella met afgemeten stem. Ze vouwde intussen servetten in de vorm van zwaantjes. 'Allemaal kletspraat van de nieuwe burgemeester. Je kunt wel merken dat hij niet van hier is.'

'Zeg, je hebt het wel over onze vader,' zei Jack kwaad.

Ella keek even op van haar servetten. Het leek wel alsof ze heel eventjes had vergeten dat Jack en Tessa de kinderen van burgemeester Loman waren. 'Je begrijpt wel wat ik bedoel,' zei ze vaag.

'Nou, nee,' zei Tessa. Ze stak haar kin naar voren op dezelfde manier als Jack. De drie kinderen stonden kwaad tegenover Ella. Zelfs Koesja zette zijn nekharen overeind.

Ella maakte een verontschuldigend gebaar. 'De zomer is nu eenmaal belangrijk voor Westwijk aan Zee,' zei ze. 'Dat weten jullie toch ook wel?'

'Niet te geloven!' riep Chris boos. 'Je bent al net zo erg als de rest. Wat moet er gebeuren voordat jullie eindelijk een keer snappen dat het hier niet meer veilig is?'

Ruzie in het dorp

'Jack! Tessa! Wat ééénig dat jullie even langskomen! Hebben jullie misschien trek in een lekker stukje tiramisu?'

Mevrouw Appelbooms stem sloeg over van verrukking toen ze zag dat de kinderen van de burgemeester er waren. Haar geheime wens was nog altijd dat de Appelboompjes en de burgemeester de beste vrienden zouden worden. En dat zij, Aleida Appelboom, dan voorgesteld zou worden aan allerlei Bijzonder Belangrijke Mensen. Tot nu toe hadden burgemeester Loman en zijn vrouw haar heel handig weten te ontwijken. Maar Jack en Tessa moesten af en toe wel met haar praten als ze naar Chris en Koesja toe wilden.

'Sorry mevrouw, maar dit is heel belangrijk,' hijgde Jack. 'Waar is Chris?'

'Ze is met Koesja naar het strand,' zei mevrouw Appelboom. 'Maar jullie mogen hier wel even op haar wachten, hoor. Wie heeft er trek in een lekker amarettokoekje? Ik heb de hele ochtend staan bakken.'

Maar Jack en Tessa waren de deur alweer uit gerend.

Ze werden nagekeken door Chris' moeder, die haar hoofd schudde. 'Je zou denken dat de kinderen van een burgemeester toch wel betere manieren zouden hebben,' mopperde ze in zichzelf. Toen sloeg ze de voordeur dicht.

Intussen renden Jack en Tessa de duinenrij over naar het strand toe. In de verte bij de branding zagen ze Chris al staan. Ze gooide een tennisbal voor Koesja in de zee. De hond haalde hem telkens weer keurig voor haar op. Chris keek verbaasd op toen Jack en Tessa hijgend naast haar verschenen. Tessa greep naar haar zij en keek kwaad toen Koesja met twee natte zandpoten tegen haar nieuwe spijkerbroek aan sprong.

'Wat hébben jullie?' vroeg Chris.

'Telefoontje...' hijgde Jack. 'Vanochtend vroeg... Nog niet in de krant... Mijn vader werd gebeld...'

'Moeilijk hè, ademhalen?' Chris grijnsde.

Maar toen Jack nijdig met zijn hoofd schudde, begreep ze dat er echt iets belangrijks aan de hand was. Langzaam kwam hij weer op adem. 'Het is Charlie,' zei hij. 'Gisteravond, toen hij nog laat aan het werk was, is hij aangevallen.'

Chris schrok zich rot. 'Hij is toch niet...?'

Jack schudde zijn hoofd. 'Hij leeft nog. Maar hij ligt in het ziekenhuis en is er niet best aan toe.'

Chris begon zo te trillen dat ze even moest gaan zitten. Ze woonde haar hele leven al in Westwijk aan Zee en ging naar Snackpoint Charlie toe om ijsjes te kopen toen ze nog maar een heel klein meisje was. Koesja merkte dat zijn bazinnetje overstuur was en wreef zijn natte vacht tegen haar winterjas aan. Chris sloeg haar armen om hem heen en legde haar hoofd tegen zijn vacht.

Tessa veegde ongemerkt de vlekken van haar broek.

'Ik wil ernaartoe,' zei Chris.

Jack knikte.

Ze namen de bus. Medisch Centrum Westwijk stond aan de rand van het dorp, nog voorbij de bollenvelden. Hoewel er niet zo heel veel mensen in Westwijk woonden, was het een groot ziekenhuis. Dat kwam omdat er in de zomer ongeveer tien keer zoveel mensen in Westwijk aan Zee waren als normaal. Daar was rekening mee gehouden toen ze het bouwden. Het gebouw was groot en wit, met glazen schuifdeuren aan de voorkant.

Jack, Tessa, Chris en Koesja stonden voor het ziekenhuis en keken beteuterd naar een grote, ronde sticker met een rode rand die op de deur geplakt was. In het midden stond een hond met een streep erdoorheen. Koesja jankte. Chris aaide hem over zijn kop.

'Je moet hem hier laten,' zei Tessa. 'Hij wacht wel op ons.'

Chris twijfelde. Ze wilde ontzettend graag naar Charlie toe. Maar ze vond het verschrikkelijk om haar hond alleen achter te laten. Chris had Koesja gevonden toen hij nog maar een heel kleine pup was. Zijn baasje had hem aan een boom gebonden en was zelf lekker vakantie gaan vieren. Toen Chris het hondje vond, was hij bijna dood geweest. Hoewel hij nu een grote, stoere herder was, wist Chris zeker dat hij nog precies wist hoe angstig en alleen hij toen was geweest. Ze was bang dat hij zou denken dat zij hem óók alleen liet als ze hem ergens aan vast zou binden en zomaar weg zou lopen.

'Kom op, Chris,' zei Jack. 'Koesja weet heus wel dat je hem nooit in de steek zou laten. Het is maar voor even.'

Chris beet op haar lip. Koesja kefte zachtjes. Chris ging op haar hurken naast hem zitten en keek hem aan. 'Je mag hier niet mee naar binnen. Je moet heel even wachten tot ik terug ben. Maar ik kóm terug. Strakjes al. Je hoeft niet bang te zijn.'

Koesja kwispelde en keek haar aan met zijn trouwe

bruine hondenogen. Hij pakte met zijn bek de riem uit Chris' hand en ging naast het fietsenrek zitten. Chris slikte de brok in haar keel weg en bond de riem vast aan het rek. Ze bleef omkijken totdat ze met zijn drieën door de glazen schuifdeuren naar binnen gingen.

Alles was wit op de afdeling waar Charlie lag. De muren, de bedden, de lakens, álles. Charlie lag in een hoog bed met spijlen aan de zijkant. In plaats van zijn eeuwige honkbalpet had hij nu een wit verband om zijn hoofd. Onder zijn gestreepte pyjama vandaan liepen allemaal slangen die aangesloten waren op piepende machines. Hij had zijn ogen dicht.

Chris, Tessa en Jack stonden in de deuropening naar hem te kijken. Ze durfden niet zo goed naar binnen te gaan. Ze kenden Charlie alleen maar als een goedlachse man, die alle roddels uit het dorp doorvertelde. En nu lag hij hier zo stil.

Schoorvoetend liepen ze naar het bed. Chris pakte zijn hand. Heel voorzichtig, zodat de slangetjes niet los zouden raken.

Charlie deed zijn ogen open. Toen hij de kinderen zag, probeerde hij te glimlachen. Dat viel nog niet mee, omdat zijn hele gezicht onder de blauwe plekken, butsen en schrammen zat.

'Doet het pijn?' vroeg Tessa.

'Alleen als ik lach,' zei Charlie. Hij kreunde.

Chris was normaal niet zo'n pieperd, maar nu

merkte ze dat er tranen achter haar ogen brandden.
'Wat is er gebéúrd?' vroeg ze zachtjes.

Charlie probeerde overeind te komen.

Tessa propte snel een extra kussen achter zijn rug.
Ze pakte de afstandsbediening van het bed. 'Volgens
mij moet je op dit knopje drukken om... ja!'

Langzaam kwam het hoofdeinde van het bed
omhoog. Charlie probeerde te doen alsof het helemaal geen pijn deed als hij bewoog. Hij zette een
stoer gezicht op en wilde zijn honkbalpet van zijn
hoofd halen. Toen herinnerde hij zich weer dat daar
alleen maar een verband zat.

'Nou ja,' begon hij. 'Ik was gisteren nog laat aan
het werk, met het verwarmd terras...'

Chris knikte ongeduldig. Ze wilde weten wie dit
gedaan had. Ze had er helemaal geen zin in om weer
een lang verhaal te moeten aanhoren over de enorme

51

voordelen van een verwarmd terras. 'Heb je ze gezien? Die mensen die je hebben aangevallen?'

Charlie liet een stilte vallen. De kinderen keken hem gespannen aan.

'Het was het monster van de zee!' zei Charlie toen plechtig. 'Ik stond met mevrouw Ensink van de snuisterijenwinkel te praten. Enig mens. We hadden het over dat gedoe in de Hoofdstraat. En toen ineens sprong hij zó door de etalageruit en ging in één rechte lijn door naar de toonbank.'

'Het monster van de zee?!' zei Tessa smalend. 'Heb je een hersenschudding of zo?'

'Groot en grijs was hij,' ging Charlie door. 'Met stukken groen erin en zúlke tentakels.' Hij spreidde zijn armen totdat ze anderhalve meter uit elkaar waren. 'Hij had een soort ijzeren heggenscharen aan de uiteinden van zijn poten. Hij begon in het rond te maaien en ik dacht: Charlie, jongen, nou ben je er geweest. Ik was natuurlijk niet van plan om me zomaar gewonnen te geven... Dus ik pakte een koekenpan en begon dat beest te slaan waar ik hem maar raken kon...'

Tessa, Jack en Chris rolden met hun ogen naar elkaar. Het was duidelijk dat Charlie ze na de aanval niet helemaal meer op een rijtje had!

'... en zo komt het dat jullie oude Charlie het overleefd heeft,' eindigde Charlie zijn verhaal. Hij keek de kinderen triomfantelijk aan: hij had het 'm toch maar mooi gelapt!

Tessa klopte hem op zijn hand. 'Je moet maar flink veel rusten,' zei ze. 'We komen gauw weer langs.'

'Nou, daar werden we ook niet veel wijzer van,' zei Tessa toen ze door de gang terugliepen. 'Die heeft duidelijk een keiharde klap op zijn kop gehad.'

'Arme Charlie,' zei Chris.

Ze liepen door de schuifdeuren naar buiten. Koesja zat nog keurig op zijn plaats. Hij hield zijn zwarte puntoren gespitst en kwispelde hevig toen hij Chris weer zag.

Chris rende naar hem toe, knielde bij hem neer en sloeg haar armen om zijn hals. 'Daar ben ik weer!' zei ze. 'Ik zei toch dat ik weer terug zou komen? Je had niet bang hoeven zijn!'

'Volgens mij heb jij er meer last van dan hij,' zei Jack.

Op de terugweg in de bus bespraken ze wat ze nou moesten doen.

'We gaan naar Snackpoint Charlie,' besliste Chris. 'Misschien vinden we daar iets waar we wat aan hebben. Het bestaat gewoon niet dat iemand zoveel aan kan richten zonder bewijzen achter te laten.'

'We zullen daar hetzelfde vinden als wat we overal gezien hebben,' zei Tessa. 'Gigantische klauwsporen. En voorlopig hebben we geen idee wat dat betekent.'

De bus stopte bij een halte. Tessa keek uit het raam. Ineens greep ze Jack bij zijn arm. 'We moeten er hier uit!' zei ze.

Jack begon tegen te stribbelen. 'Maar we zijn er nog lang niet! We zijn pas bij de *Westwijker Courant!*'

'Daarom juist,' zei Tessa. Ze sleurde Jack achter zich aan de bus uit. Koesja sprong blij achter hen aan. Hij had een hekel aan de bus. Vooral aan dat draaiende gedeelte in het midden. Als hij daar ging liggen, kwam telkens zijn vel ertussen. Ook Chris glipte de bus uit, nét voordat de deuren sissend dichtgingen.

Alle drie liepen ze achter Tessa aan. Die staarde naar de grote ramen, waarachter de nieuwe voorpagina hing. Met grote letters stond over de hele breedte:

ONDERGANG VAN WESTWIJK!
BURGEMEESTER LOMAN HEEFT ONS VERRADEN.

Een enorme voet

Jack, Tessa, Chris en Koesja gingen meteen door naar het gemeentehuis nadat ze de nieuwe krant hadden gezien. Het gemeentehuis stond midden in het dorp. Het was een gebouw van rode bakstenen, met een bordes ervoor. Op de bovenste verdieping stonden twee torentjes. In een van die torentjes was de werkkamer van burgemeester Loman. Blijkbaar hadden meer mensen de krant gezien, want het hele bordes stond vol boze mensen.

'Het is een schande!' schreeuwde de moeder van Nico. 'Laat de burgemeester naar buiten komen!'

Alle mensen begonnen te joelen.

Tessa en Jack keken elkaar bezorgd aan: dit zag er niet al te best uit! Koesja zette zijn nekharen overeind en begon te grommen. Voor de zekerheid maakte Chris hem vast aan de riem. Het was lief bedoeld van hem, maar als haar hond iemand zou bijten om de vader van Jack en Tessa te beschermen, zou hij alleen maar verder in de problemen komen!

'Wat moeten we doen?' zei Tessa.

Jack schudde zijn hoofd. Hij wist het ook niet. Met al die tierende mensen voor de deur was het onmogelijk om naar binnen te gaan.

De moeder van Nico zag eruit alsof ze hun vader graag in stukken zou willen scheuren. Dat gold trouwens ook voor alle andere Westwijkers die er stonden.

Chris herkende een paar mensen die winkels hadden in de Hoofdstraat. Ze trok haar neus op en snoof. 'Moet je ze nou zien brullen,' zei ze. 'Dat zijn nota bene dezelfde mensen die aangevallen zijn. Hun hele winkel lag aan puin, en nog willen ze niet dat er iets tegen gedaan wordt. Het moet niet veel gekker worden!'

'WAF!' blafte Koesja. Hij trok aan de riem. Als Chris hem nou maar los wilde laten, zou hij die mensen weleens een toontje lager laten zingen.

Chris aaide hem over zijn kop. 'Ik snap wat je bedoelt,' zei ze.

Toen, ineens, ging de grote voordeur van het gemeentehuis open. Burgemeester Loman verscheen in de deuropening. De woedende menigte begon te loeien. Ciska Beerenpoot stond tussen hen in en schreef het ene na het andere blaadje van haar blocnote vol.

'Verraad!' riep iemand.

'We eisen ontslag!' riep iemand anders.

'Hoepel op uit Westwijk! U hoort hier niet!'

'Wij hebben recht op toeristen!'

Burgemeester Loman probeerde iets te zeggen, maar iedereen schreeuwde door hem heen. De woedende menigte begon te dringen.

Tessa sloeg geschrokken haar hand voor haar mond. Wat zouden ze met haar vader gaan doen?

Maar op dat moment trok Koesja zich los. Met een paar grote sprongen rende hij het bordes op en ging naast meneer Loman staan. Hij zette zijn nekharen overeind en liet zijn blinkende hoektanden zien. Geschrokken deinsden de Westwijkers achteruit. Het was op slag stil.

'Brave hond,' mompelde meneer Loman tussen zijn lippen door. Hij zei het zo zacht dat alleen Koesja hem kon horen. Toen haalde hij een vel papier tevoorschijn en keek naar de mensen op het bordes. 'Nu ik toch uw aandacht heb,' zei hij, 'wil ik graag een korte verklaring afleggen.'

Koesja ging naast hem zitten en keek kwaad naar

de mensen voor hem. Iedereen hield voor de zekerheid zijn mond.

Burgemeester Loman ritselde met zijn vel papier. Toen schraapte hij zijn keel en begon voor te lezen. 'Vanmiddag is er een merkwaardig artikel verschenen in de *Westwijker Courant*,' begon hij. Hij keek even over de rand van zijn papier naar Ciska Beerenpoot.

Die keek de andere kant op en leek de oude bomen op het plein ineens heel interessant te vinden.

'Zoals u allen weet, heeft zich een aantal vervelende incidenten voorgedaan in ons mooie Westwijk,' ging burgemeester Loman verder. 'Maar vannacht is er voor het eerst iemand aangevallen. De heer Charles Dendermonde, eigenaar van Snackpoint Charlie, ligt zwaargewond in het ziekenhuis.'

Er ging een zucht van ontzetting door de menigte heen. 'Dit gaat natuurlijk te ver,' zei meneer Loman. Hij keek strak naar Nico's moeder, die iets wilde zeggen. Ze klapte snel haar kaken weer op elkaar. 'Zandkastelendag staat voor de deur,' zei meneer Loman. 'Zoals u weet kondigt Zandkastelendag het begin van de vakantieperiode in Westwijk aan. Als deze misdaden dan nog niet opgelost zijn, kan ik niet anders dan de toeristen waarschuwen. Dat betekent dat ik ook de landelijke pers zal moeten inschakelen. Voorlopig heb ik alleen nog maar een grootscheeps politieonderzoek ingesteld. Mochten sommigen van u...' – hij keek naar Ciska Beerenpoot – 'daar problemen mee hebben, dan zou ik u eraan willen herinneren dat het om onze veiligheid gaat. En om die van onze kinderen. Dank u wel voor uw aandacht.' Burgemeester Loman draaide zich om en liep terug het gemeentehuis in.

Even was het stil. Toen stak Ciska Beerenpoot haar vuist in de lucht. 'U richt Westwijk te gronde!' schreeuwde ze. De menigte begon weer te morren.

Chris liep snel naar Koesja toe om hem daar weg te halen. Ze sleurde de onwillige hond met zich mee, bij het gemeentehuis vandaan. Jack en Tessa liepen achter hen aan.

De Vier van Westwijk liepen naar het strand terwijl ze bespraken wat ze moesten doen. Want dat er snel iets moest gebeuren, was nu wel duidelijk.

'Laten we naar Snackpoint Charlie gaan,' opperde Chris.

'Snackpoint Charlie is dicht,' snauwde Tessa. 'En Charlie ligt in het ziekenhuis.'

'Dat weet ik ook wel,' zei Chris ongeduldig. 'Maar jullie vader heeft de politie nu pas opdracht gegeven, dus als we snel zijn, kunnen we daar naar sporen zoeken voordat zij er geweest zijn.'

'Briljant,' zei Tessa met een zucht.

Het was een ontzettende puinhoop in Charlies snackbar. Het terras was volledig aan puin geslagen. De ramen van de etalage lagen aan diggelen en de grond was bezaaid met glasscherven.

'Pas op je pootjes, Koes,' zei Chris. 'Je mag niet mee naar binnen. Veel te gevaarlijk.'

Koesja ging braaf voor het terras zitten. Hij keek Chris met zijn bruine ogen aan. Het leek wel alsof hij wilde zeggen: gaan jullie maar op zoek naar sporen, dan houd ik hier de wacht.

'Braaf,' zei Chris. Daarna liep ze snel achter Jack en Tessa aan. De voordeur hing scheef in de sponningen. Voorzichtig glipten ze tussen de scheefgezakte panelen door. Binnen was de ravage zo mogelijk nog groter. De toonbank leek wel in tweeën geslagen. De planken aan de muur hingen scheef en alles was eraf gevallen. Tafeltjes en stoeltjes lagen kriskras over de

vloer, en overal zagen ze de griezelige sporen van een soort reuzenhand.

'Het zijn dezelfde sporen als die in de haven,' zei Tessa benauwd. 'En die in de Hoofdstraat. De sporen van een Klauw...'

Jack knielde bij een van de stukgeslagen tafeltjes.

'Heb je iets gevonden?' vroeg Chris. Ze liep naar hem toe.

Jack hield haar tegen met zijn arm. 'Kijk.' Hij wees. 'Dit is geen klauwspoor. Het is een voet.'

Chris keek waar hij naar wees. Op de grond tussen het puin en stof was duidelijk een voetafdruk te zien. Maar dan wel eentje van iemand die een metertje of

drie lang was. Het ding was gigantisch! 'Dat is geen mensenvoet,' zei Chris. 'Is die niet veel te groot?'

'Geef eens een papiertje,' zei Jack.

'Waarom maak je niet gewoon een foto met je mobieltje?' zei Tessa.

'Omdat ik de precieze grootte van de afdruk moet hebben, slimbo,' zei Jack ongeduldig.

Tessa mompelde iets in zichzelf en rommelde tussen de troep achter de ineengezakte toonbank en vond een schrijfblok achter de kassa. 'Chris! Moet je kijken!' riep ze.

Chris liep naar haar toe.

'De kassa zit nog helemaal vol!' riep Tessa.

'Ja? En?' bromde Chris.

Tessa snoof ongeduldig. 'Beetje raar wel, hè? Iemand komt hier binnen, slaat alles kort en klein, ramt Charlie in elkaar, maar laat het geld gewoon liggen. Er zit wel een paar honderd euro in.'

Chris staarde naar de geldla. Dat was inderdaad nogal vreemd, moest ze toegeven. Ze schudde haar hoofd. Ze geloofde niet in monsters, maar alle sporen die ze tot nu toe gevonden hadden, wezen wel in die richting. Ze pakte het schrijfblok aan van Tessa en gaf het aan Jack. Die begon de voetafdruk over te tekenen.

'Wat wil je daarmee doen?' vroeg Chris.

'Het is een raar patroon,' zei Jack, die zijn best deed de voet zo goed mogelijk op papier te krijgen. 'Ik wil wedden dat er niet veel schoenen zijn die dit patroon hebben. Bovendien is het de schoen van iemand met heel grote voeten. Als ik deze tekening aan mevrouw Ter Haar van de schoenenwinkel laat zien, kan ze ons vast wel vertellen wat voor schoen het is. Misschien heeft ze zelfs wel een lijst met klanten die zulke grote voeten hebben.'

'Niemand heeft zulke grote voeten,' zei Chris.

Jack tekende verder. 'We gaan het toch proberen,' zei hij.

'Niemand heeft zulke grote voeten,' zei mevrouw Ter Haar. 'Proberen jullie me soms in de maling te nemen?' Ze legde de tekening naast een soort lat waarmee ze schoenmaten kon opmeten. 'Mijn meetlat gaat tot maat 49, en deze voet is nog groter dan dat.' Ze gaf Jack de tekening terug.

Jack was teleurgesteld. 'Weet u het zeker?' vroeg hij.

'Net zo zeker als dat ik weet dat die vader van jou er een potje van maakt,' snauwde mevrouw Ter Haar. De normaal zo vriendelijke vrouw keek ineens heel kwaad. 'Wat denkt hij wel niet?'

Jack zuchtte. Als ze er niet snel achter kwamen wat er aan de hand was, zou dit weleens een heel lange zomer kunnen worden.

8

De legende van de draak

Koesja stoof op een paar zeemeeuwen af die op de kade op zoek waren naar iets eetbaars. De witte vogels fladderden snel op en krijsten kwaadaardig. Jack, Chris en Tessa hingen met hun ellebogen over het hek bij de haven. Een van de gehavende vissersboten werd aan wal getakeld om gerepareerd te worden. De sporen aan de zijkant van de boot waren onmiskenbaar dezelfde als die ze bij Snackpoint Charlie hadden gezien.

'De mensen geloven d'r niet aan,' hoorden ze ineens een stem naast zich. Een oude visser was op hen af komen lopen. Hij rookte een pijp, en zijn hoofd was verweerd door een leven op zee. Ontelbaar veel fijne rimpeltjes liepen over zijn gezicht, en zijn wenkbrauwen en baard waren bijna wit. Hij bekeek de kinderen nieuwsgierig.

'De zee kent vele geheimen,' ging hij verder. En het Monster is er één van.'

'Echt niet,' zei Chris meteen. 'Dat zijn toch allemaal oude verhaaltjes. Als er echt een monster was, hadden we hem heus wel een keer te zien gekregen.'

'En wat is dit dan?' zei de oude visser. Hij maakte een armzwaai naar de gehavende vloot. 'Trouwens, die oude verhalen zouden niet zo lang doorverteld worden als er niet iets van waar was. Ik heb de legende van de draak gehoord van mijn opa, toen ik nog een kleine jongen was. En hij had het weer van zíjn vader, en die van zíjn vader.'

'De legende van de draak?' vroeg Tessa. 'Wat is dat voor een verhaal?'

De oude visser keek om zich heen, en liet toen zijn stem dalen alsof hij bang was dat ze afgeluisterd werden.

'De eerste keer dat iemand hem zag, was in 1846, toen Jeron Ouderkerk van de Neeltje Harmina hem tegenkwam,' begon hij.

Jack, Tessa en Chris keken hem met grote ogen aan. Zelfs Koesja liet de meeuwen even met rust om te kijken wat er aan de hand was.

'Jeron was mijn over-overgrootvader,' zei de visser. 'Hij viste op kabeljauw, het was een mooie zonnige dag. Maar ineens doemde een enorme mistbank op. Zomaar midden op de zee...' De oude visser keek met zijn heldere blauwe ogen naar de kinderen.

Jack, Chris en Tessa keken hem ademloos aan. Koesja hield zijn kop scheef om geen woord te hoeven missen.

'Jeron Ouderkerk voer die enorme mistbank in,' ging de visser verder. Hij klopte zijn pijp uit op het hek. 'En ineens dook daar het monster op! Het was een soort draak van zeker vijftig meter lang. Hij had ijzeren vinnen en zwom tien keer sneller dan een schip. Het monster viel de Neeltje Harmina aan, de boot dreigde te kapseizen en Jeron moest alle zeilen bijzetten om te ontsnappen aan zijn klauwen. Toen hij terugkwam in de haven, was er weinig meer van zijn schip over. Daarna durfde niemand meer uit te varen bij mist.'

Koesja jankte zachtjes, en Chris sloeg beschermend een arm om hem heen. 'Misschien heeft Jeron Ouderkerk dat verhaal wel gewoon verzonnen,' zei ze.

'Dat dachten sommige mensen ook,' zei de oude visser. 'Maar sindsdien is het monster heel vaak gezien, door een heleboel vissers.'

Chris verborg haar lach achter haar hand. Ze geloofde geen bal van die rare visserspraatjes.

Aan de andere kant van het water was de boot

inmiddels uit het water gehesen en op een stellage gezet. In het heldere zonlicht waren de grote krassen langs de zijkant goed te zien.

Tessa huiverde. 'Hoe is het afgelopen met Jeron?' vroeg ze.

'Die is nooit meer de zee op geweest,' zei de oude visser kort. 'Hij heeft een baan aan wal gezocht en is op jonge leeftijd krankzinnig geworden.'

'Volgens mij is Jeron Ouderkerk altijd al krankzinnig geweest,' snoof Chris toen ze terugliepen naar huis. 'Een zeedraak maar liefst!'

'Toch is het vreemd,' peinsde Jack. 'Die enorme voetafdruk, die griezelige klauwsporen... Het lijkt er toch echt op dat dit geen mensenwerk is. Charlie zei

ook al dat hij een monster had gezien. En nu deze visser weer.'

'Charlie heeft gewoon een klap op z'n kop gehad,' zei Chris ongeduldig. 'Die ziet ze vliegen. En die visser had waarschijnlijk te lang in een fles jenever gekeken. Allemaal onzin.'

'O ja?' vroeg Tessa. 'En hoe kan het dan dat Koesja geen geurspoor kan vinden? Koesja heeft een super-neus! Als hij het niet kan ruiken, is het er ook niet. Als een mens dit gedaan had, zou hij een geurspoor hebben achtergelaten en dan zou Koesja hem meteen te pakken hebben.'

Chris zweeg. Daar had ze niet zoveel op terug te zeggen. Net als Tessa wist ze hoe knap Koesja was. Dit was inderdaad heel vreemd!

'Hoe moeten we een monster opsporen?' vroeg Chris. 'Dat kan niet!'

Even waren ze alle drie stil. Toen hield Jack ineens abrupt halt. Hij greep Tessa bij haar arm. 'Ik weet het!' zei hij.

Chris en Tessa keken hem vragend aan.

'Weet je nog hoe Nico en Ens eruitzagen?' zei Jack. 'Helemaal onder de butsen en korsten? Ik wil wedden dat zij er meer vanaf weten. En ik weet ook hoe we ze aan het praten kunnen krijgen.'

'Hoe dan?' vroeg Tessa.

Jack zei niks. Hij keek Tessa alleen maar nogal dwingend aan.

Ineens begon Tessa te begrijpen waar hij naartoe wilde. 'O nee!' riep ze meteen. 'Vergeet het maar!'

'Jawel,' grinnikte Jack.

'Ehm...?' vroeg Chris. 'Spreken jullie soms een soort Loman-geheimtaal? Want ik begrijp niet helemaal waar jullie het over hebben.'

'We hebben volgende week een feest op onze school,' legde Jack uit. 'Net voordat de vakantie begint. En wie denk je met wie onze Nico daar het allerliefst naartoe zou gaan?'

'In geen honderdduizend jaar,' zei Tessa beslist. Ze stak haar kin in de lucht.

'O, maar je moet!' zei Chris. 'Dat is een perfect plan.'

'Perfect?' hijgde Tessa kwaad. 'Perfect?!'

'Nou ja, het is in elk geval een goede smoes om hem uit te horen,' zei Chris zwakjes. 'En als je nu naar zijn huis toe gaat om hem te vragen voor het feest, kun je misschien ook even op zijn kamer rondneuzen.'

'Prima idee!' zei Jack opgewekt.

Ze waren net de weg naar huis in geslagen, maar Jack draaide Tessa resoluut om en gaf haar een duwtje in de rug.

'Jack?!' smeekte Tessa. 'Dit kun je me niet aandoen!'

'Ik ben blij dat jij net zo enthousiast bent over dit idee als wij,' grinnikte Jack. 'Tot straks!'

Terwijl Tessa op weg ging naar het huis van Nico, werden Chris en Jack opgewacht door mevrouw Appelboom. Ze stond in de tuin met een raar strohoedje op.

'Hallo, Jack!' riep ze, en ze zwaaide vrolijk. Het leek haar niet op te vallen dat Chris en Koesja gewoon naast hem liepen. Koesja duwde troostend zijn neus in Chris' handpalm.

'Hebben jullie al geluncht? Ik heb frutti di mare gemaakt,' kweelde mevrouw Appelboom.

'Wat zegt ze?' vroeg Jack verbaasd.

'Dat ze vis heeft gekocht,' zei Chris kortaf. Ze sleurde Jack achter zich aan door de tuin. Zodra ze op haar kamer waren, deed ze de tuindeuren op slot.

'Ik heb anders best trek in vis,' sputterde Jack nog tegen.

Terwijl Jack en Koesja garnalen, inktvis en mosseltjes naar binnen propten, zocht Chris op haar computer naar het zeemonster.

'Niet te geloven, wat een onzinverhalen,' mopperde ze. 'Moet je kijken!'

Op haar scherm verscheen een veelkleurige draak met ijzeren scharen aan zijn vinnen.

Jack lette helemaal niet op. Hij zat Chris alleen maar vaag aan te kijken en was een beetje rood geworden.

'Wat nou?' vroeg Chris ongeduldig.

'Dat feest bij ons op school, hè?' begon Jack.

'Ja zeg, die arme Tessa,' grinnikte Chris. 'Voor iemand als zij is dat zo'n beetje het ergste wat er kan gebeuren. Dat ze daar met Nico aan haar arm naar binnen moet.'

'Nou, ik wilde eigenlijk vragen...' zei Jack. Hij slikte.

Chris wachtte af. Ineens voelde ze een angstbal in haar buik.

'... ik wilde vragen of jij misschien zin had om daar met mij naartoe te gaan,' zei Jack snel.

Chris kreeg het nogal warm. Ze had geen idee wat ze moest zeggen. Ze werd nooit uitgenodigd voor dat soort dingen. De andere meisjes uit haar klas giechelden al weken over dat feest. Ze hadden het nergens anders over. Blijkbaar was het enorm belangrijk om gevraagd te worden voor het eindfeest van Jacks school. Chris merkte dat ze al een tijdje niets had gezegd en dat Jack op een antwoord zat te wachten.

Koesja kwispelde uitbundig. 'Waf!' zei hij.

'Betekent dat dat ze meegaat, Koes?' vroeg Jack.

'WAF!' Koesja sloeg enthousiast met zijn staart op de grond.

Jack lachte. 'Nou, dat is dan geregeld.' Hij keek Chris blij aan.

Chris knikte. Ineens wilde ze dat ze heel ergens anders was.

9

Zandkastelendag

'Dus je was alleen op zijn kamer, maar je hebt niet zijn hele computer leeggetrokken?' riep Chris. 'Hoe bestaat het!'

'Alsof ik zou weten hoe dat moest,' smaalde Tessa. 'Zijn moeder had me binnengelaten. Dat verschrikkelijke mens. Ze wist niet waar hij was, zei ze.'

'Alwéér niet?' vroeg Jack.

'En ze wilde me eerst ook niet op zijn kamer laten,' zei Tessa. 'Dus moest ik een smoes verzinnen.' Ineens keek ze zeer somber. 'En het enige wat ik kon verzinnen was dat stomme schoolfeest. Voordat ik het wist had ik tegen haar gezegd dat ik met Nico wilde gaan. Dat vond ze nogal leuk, geloof ik. Want daarna liet ze me meteen zijn kamer zien. Zodat ik een briefje voor hem kon achterlaten.' Tessa zag er diepongelukkig uit.

Jack sloeg opgewekt een arm om haar heen. 'Ik weet het zeker,' zei hij, 'Nico en Ens weten meer van die vernielingen in Westwijk. Ze zijn ook aangevallen en hebben toen dat Monster gezien. Dat kan niet anders. Ze zijn telkens gewond en ze gedragen zich behoorlijk verdacht.'

De Vier van Westwijk zaten op het terras van Fok

de Zeeuw. Alle strandtenten waren weer opgebouwd. Fok had hun alle drie een cola gebracht, en een bakje water voor Koesja. Op tafel had hij een grote bak taco-chips neergezet met guacamole en salsadip. Jack, Tessa en Chris zaten op de rieten strandstoelen chips te eten. Ze keken naar het strand, waar de voorbereidingen werden getroffen voor Zandkastelendag.

'Die kamer was verschrikkelijk!' Tessa huiverde. Ze knabbelde aan haar chips. 'Echt zo'n jongens-kamer, met een enorme computer en rare posters aan de muur. Van blonde vrouwen in badpak en zo. Maar intussen had hij nog wel een dekbed met autootjes erop.'

'Hoe bestaat het dat je helemaal niets gevonden hebt,' zei Chris nog een keer.

'Jaha, dat weten we nou wel,' zei Tessa ongeduldig. 'Niet iedereen is zo'n computercrimineel als jij.'

'En intussen komen we geen stap verder,' zei Jack chagrijnig. 'Zandkastelendag is morgen al. Het begin van het toeristenseizoen!'

Koesja kwam met een baard van water uit zijn drinkbak en legde zijn kop op Jacks schoot. Jack aaide hem over zijn kop en keek peinzend over het strand, waar vrolijke rijen vlaggetjes en ballonnen wapperden. De tractoren met spullen reden af en aan en er hing een groot spandoek. Daarop stond in wappe-rende letters: ZANDKASTELENDAG.

'Ik hoorde dat je met mijn broer naar het eindfeest gaat,' zei Tessa tegen Chris.

Chris had ineens erg veel belangstelling voor de zeemeeuwen die boven het terras cirkelden. Ze wilde maar dat Jack haar nooit had uitgenodigd. Nee, ze wilde maar dat ze nooit had ingestemd mee te gaan. Of, beter nog: ze wilde dat dat feest nooit gehouden werd. Vanaf het moment dat Koesja in haar naam de uitnodiging had geaccepteerd, zat Chris' moeder haar op de nek. Chris had geen idee hoe ze het te weten was gekomen. Misschien had ze wel aan de deur staan luisteren. Hoe het ook zat, mevrouw Appelboom was verrukt! Háár dochter die meegevraagd was door de zoon van de burgemeester!

'Dat zijn héél belangrijke mensen, Christina,' had ze eerbiedig gefluisterd. Daarna aaide ze Chris over haar haren.

Chris voelde zich daar tamelijk ongemakkelijk onder. Natuurlijk was het fijn dat haar moeder eindelijk een keer trots op haar was. Dat gebeurde anders nooit. Maar dat dit nou net die éne keer was dat mevrouw Appelboom blij met haar was, dat stak haar. Bovendien stond haar moeder erop dat ze samen gingen winkelen. Blijkbaar was ze vast van plan om Chris voor het feest in een elegante glitterjurk te hijsen. Chris was voor de zekerheid meteen door de achterdeur het strand op gevlucht, op de voet gevolgd door Koesja.

74

Chris keek naar Tessa, die haar nog steeds plagerig aanstaarde. 'Nou?'

'Ja, jij gaat met Nico, hè?' zei Chris vol leedvermaak. 'Wat léú-éú-éúk!'

Tessa's glimlach verdween meteen van haar gezicht.
Blijkbaar had ze al net zoveel zin in dat feest als Chris.
Niet dus.

De volgende dag werd Westwijk aan Zee overspoeld
door duizenden badgasten. De treinen reden af en
aan, tot de nok toe gevuld met dagjesmensen die naar
Zandkastelendag kwamen. De Westwijkers leefden
op. Iedereen lachte, en de hotels en restaurants deden
goede zaken. Het enige waarover iedereen ontevreden
was, was dat er opvallend veel politieagenten op het
strand liepen. Ook burgemeester Loman liep rond.
Hij speurde het strand af alsof hij elk moment een
grote ramp verwachtte. De Westwijkers waren bang
dat de journalisten het zouden zien. En hem zouden
vragen wat er aan de hand was.

Zandkastelendag was de dag dat kunstenaars op

het strand grote kunstwerken van zand maakten. Het was ooit begonnen met zandkastelen, maar de laatste jaren werden er de grootste en raarste dingen gemaakt. Vorig jaar was Zandkastelendag gewonnen door iemand die een vulkaan had gemaakt van bijna vier meter hoog. Compleet met rennende zandmannetjes eromheen, die in paniek wegvluchtten. Er kwamen hordes fotografen op Zandkastelendag af. Ze maakten foto's voor de kranten.

De Westwijkers waren voor niets bang geweest. Niemand had in de gaten wat zich in Westwijk afspeelde. Het was zelfs nog drukker dan de jaren ervoor! Minstens dertig kunstenaars waren bezig met hun bouwwerken. Ze hadden grote scheppen bij zich, emmers, en allerlei gereedschap om hun bouwwerken te versieren. De fotografen liepen om hen heen en lieten hun camera's flitsen. De dagjesmensen zaten op de terrassen van de strandtenten, aten ijsjes met parapluutjes erin en dronken koffie terwijl ze toekeken.

Chris, Jack, Tessa en Koesja liepen over het strand. Ze keken oplettend om zich heen. Zou de dader van alle vernielingen hier ook tussen lopen? Voor het eerst in hun leven hoopten ze Nico en Ens tegen te komen. Als zij inderdaad ook aangevallen waren, zouden ze misschien de dader wel kunnen aanwijzen.

'Zou dat hem zijn?' zei Tessa. Ze wees naar een jongen met een raar wantrouwend gezicht en gestoorde piekharen op zijn hoofd.

'Nee, dat is de zoon van ouwe Bart, de bollenboer,' zei Chris. 'Die is per ongeluk een keer in een sorteermachine gekomen.' Chris woonde al haar hele leven in Westwijk, dus ze kende iedereen.

Jack, Chris, Koesja en Tessa keken alert rond. Af en toe bleven ze stilstaan bij een bouwwerk om het te bewonderen. Bij sommige kunstenaars werd het al heel mooi, maar bij andere was het nog niet veel meer dan een grote zandhoop. Koesja keek er verlangend naar. Jammer genoeg kon hij niet zijn pootje optillen of eens lekker zijn neus in het zand steken, want Chris had hem aan de riem gedaan. Zo was er dus geen lol meer aan.

Ciska Beerenpoot had het enorm naar haar zin. Haar spichtige gestalte fladderde tussen de bouwwerken door. Ze droeg een bizarre witte flaphoed op haar oranje haren. Daarbij droeg ze een bijpassend wit gewaad met allemaal stroken die flapperden in de wind. Ze gedroeg zich tamelijk opdringerig tegen de kunstenaars. Ze lachte een keiharde kakellach en knipperde met haar wimpers naar hen.

'Volgens mij denkt ze dat ze heel aantrekkelijk is,' snoof Tessa. Ze keek vol walging naar de aanstellerige journaliste.

'De kunstenaars denken daar volgens mij heel anders over,' grinnikte Chris. 'Ze doen in elk geval goed hun best om haar te negeren.'

Het was waar. Zodra Ciska Beerenpoot kwam aanzeilen, haar blocnote ferm voor zich uit gestoken, keken de kunstenaars de andere kant op. De Vier van Westwijk keken toe hoe ze een jongen aanklampte.

'Oooo, wat práchtig!' riep ze schril. 'Wat is het?' Ze duwde een lok oranje haar terug onder haar flaphoed en tuitte haar lippen.

De jonge kunstenaar wist van ellende niet waar hij kijken moest. Ineens had hij alleen nog maar belangstelling voor de grote zandhoop waar hij aan werkte.

'Abstract, nietwaar?' tetterde Ciska Beerenpoot. 'Vakwerk, lieverd! Briljant! De tijdgeest in zijn vorm betrapt!'

'Ehm? Pardon, maar wie bent u?' mompelde de ongelukkige kunstenaar.

Ciska Beerenpoot stak agressief haar hand uit terwijl ze zó slijmerig lachte dat haar gezicht elk moment in tweeën kon breken. 'Ciska Beerenpoot. *Westwijker Courant,*' zei ze, wel tien keer te hard.

De jongen kromp in elkaar.

Koesja gromde, en Chris liet de lijn een beetje vieren zodat haar hond dichter bij Ciska Beerenpoot in de buurt kon komen. Zijn kaken klapten vlak naast haar flapperjurk op elkaar. Ciska Beerenpoot gaf een gilletje en sprong snel opzij.

De jonge kunstenaar keek dankbaar naar Koesja. 'Hoi,' zei hij tegen Chris, en hij lachte.

Ciska Beerenpoot keek woedend toe.

De kunstenaar woelde Koesja door zijn vacht. 'Wat een prachtige hond,' zei hij tegen Chris. 'Is hij van jou?'

Chris bloosde. 'Ja,' zei ze toen. 'Hij heet Koesja.'

'Ik heet Lauro,' zei de jongen. Hij haalde zijn handen door zijn zwarte krullen, waardoor er allemaal zand in bleef hangen. Zijn donkere ogen glansden toen hij naar Chris keek.

'Heb je ooit zo'n slijmjurk gezien?' siste Jack nijdig tegen Tessa, achter Chris' rug om.

Tessa grijnsde. Chris had helemaal niets in de gaten. Die stond met Lauro te praten.

Jack hoorde haar lachen. 'Chris praat nooit zomaar met mensen,' zei hij tegen zijn zusje. 'Waar slaat dit op?'

'Misschien probeert ze er wel achter te komen of hij Westwijk vernield heeft,' zei Tessa. 'Moet je kijken wat een gereedschap hij bij zich heeft! Ik wil wedden dat je daar behoorlijk veel schade mee kunt aanrichten.'

Chris moest hard lachen om een grapje dat Lauro gemaakt had.

Tessa keek Jack onschuldig aan. 'Maar het kan natuurlijk ook dat ze hem gewoon héél aardig vindt,' zei ze.

Jack klemde zijn kaken op elkaar. Hij keek minstens even woedend als Ciska Beerenpoot. Hij stapte op Chris af en greep haar bij haar arm. 'Ik weet niet of je het weet,' zei hij nijdig, 'maar we zijn onderzoek aan het doen.'

Chris keek hem aan met twinkelende ogen. 'O, maar ik ben heel wat te weten gekomen,' zei ze stralend tegen Jack. Ze knipoogde samenzweerderig naar Lauro. Jack keek woedend naar de jongen.

'Mag ik je even voorstellen?' zei Chris. 'Dit is Lauro. Hij heeft een maand geleden een Italiaanse winkel geopend in Westwijk.'

Jack gaf Lauro zo'n harde hand dat de botjes van de arme jongen ervan kraakten.

'Lauro kan heerlijke frittata's maken,' zei Chris, 'en frutti di mare, tiramisu en amarettokoekjes en kip parmezaan.'

Ze wachtte even tot bij Jack het kwartje viel. Eindelijk snapte hij het. 'Je moeder?'

'Bingo,' zei Chris.

10

Eindelijk ook Ella

'Mag ik bij Jack en Tessa eten?' vroeg Chris.

Mevrouw Appelboom trok haar wenkbrauwen op. 'Maar ik heb de hele middag in de keuken gestaan,' zei ze. 'We eten lasagne al forno.'

'Lasagne al Lauro, zul je bedoelen,' mompelde Chris.

'Wát zei je daar?' snerpte haar moeder.

'Niets!' zei Chris snel. Omdat ze uitschoot, klonk haar stem ineens veel te hoog.

Mevrouw Appelboom bekeek haar wantrouwend. 'Nou ja,' zei ze uiteindelijk. 'Voor deze keer dan. Ik moet vanavond toch gaan bridgen. De gezusters Brontje hebben de laatste vier keer gewonnen. Ze zijn in vorm, die twee oude...'

Toen mevrouw Appelboom ineens merkte dat Chris met bijzonder veel belangstelling stond te wachten hoe haar moeder die twee lieve oude dames zou noemen, begon ze snel over iets anders. 'Nico's moeder vertelde dat Nico met Tessa naar het eindfeest gaat,' zei ze. Ze perste haar lippen samen en schudde haar hoofd. 'Tessa is gewoon naar hun huis gegaan om hém te vragen! Tsssss! Wel een beetje brutaal, vind je ook niet, Christina?'

Mevrouw Appelboom trok haar handschoenen aan en zette een mal hoedje op. Ze bekeek zichzelf in de spiegel om het recht te zetten. 'Ik ben heel blij dat jij wel een net meisje bent. Daarom heeft die lieve Jack jou natuurlijk meegevraagd.'

Chris keek naar de reflectie van haar moeders gezicht in de spiegel. Het moest niet veel gekker worden! Het leek wel de omgekeerde wereld. Tessa was altijd zo'n beetje de droomdochter geweest van mevrouw Appelboom. Met haar mooie, blonde paardenstaart en kleren waar nooit vlekken of kreukels in zaten. Met haar toneellessen en prachtige pianospel. Chris was de tel kwijtgeraakt hoe vaak haar moeder had verzucht: 'Waarom lijk je toch niet meer op Tessa, Christina?'

Maar mevrouw Appelboom zelf leek vergeten te zijn wat ze allemaal had gezegd. Ze loerde naar zichzelf in de spiegel en trok haar hoedje recht. 'Ik ga ervandoor. Zeg jij tegen je vader dat hij vanavond alleen eet?'

Haar moeder trippelde de kamer uit. Chris keek haar na. Koesja sloeg blij met zijn staart op de grond. Dat deed hij altijd als mevrouw Appelboom wegging. Chris liep naar de keuken en schreef een briefje voor haar vader. Ze had zo'n idee dat hij het helemaal niet erg vond om alleen te eten.

Jack deed de keukendeur open toen hij Chris en Koesja zag komen aanlopen. 'Ik hoop niet dat je het erg vindt,' zei hij, 'maar we eten Italiaans vanavond.'

Chris stak haar tong uit toen ze Jack zag grijnzen. Maar toen ze naar binnen liep, snapte ze waarom hij het zo naar zijn zin had. De eettafel stond vol pizza's!

'Ik ben langs Lauro geweest,' zei mevrouw Loman. 'Ik had helemaal geen zin om te koken vanavond. Tessa vertelde dat je hem ontmoet had op Zandkastelendag.' Ze keek plagerig naar Chris. 'Leuke jongen, hoor. Die Lauro.'

Jack keek meteen tamelijk kwaad, maar dat had niemand in de gaten.

'Als hij ook maar leuk kan koken,' grinnikte burgemeester Loman.

Het werd een gezellige avond bij de Lomans. De vader en moeder van Jack en Tessa konden goed met elkaar opschieten. En ze waren ook heel aardig tegen hun kinderen. Chris wist nooit wat ze daarvan moest vinden. Aan de ene kant vond ze het heerlijk om bij hen thuis te zijn. Maar omdat het helemaal niet leek op wat ze gewend was, werd ze er soms ook een beetje zenuwachtig van. Meneer Loman was in een prima humeur. Zandkastelendag was goed verlopen. Er was niks kapotgemaakt, niemand was gewond geraakt en iedereen in Westwijk was in een opperbest humeur.

'Denk je dat het monster weer is teruggezwommen naar de zee?' zei Tessa. Ze sneed nog een punt pizza met kaas en tomaten af.

'Het monster!' Haar vader snoof. 'Tssss, belachelijk!

Maar het is wel een goed teken dat er niets meer gebeurd is. Zandkastelendag was een groot succes!'

'En niemand is gewond geraakt,' zei mevrouw Loman tevreden. Ze legde haar hand op de arm van haar man. 'Je hebt het goed aangepakt.'

'Ik denk dat het wel gescheeld heeft dat de daders weten dat er meer politie op straat is,' gaf meneer Loman toe. 'Dat schrikt af. Nu maar hopen dat er hiermee een einde is gekomen aan alle ellende.'

Mevrouw Loman stond op en stapelde de lege borden op elkaar. Ze hadden alle pizza's opgegeten!

'Ik hoop dat jullie nog een gaatje overhebben,' zei mevrouw Loman, 'want ik heb als toetje ook nog een enorme citroentaart gekocht.'

Koesja blafte en kwispelde blij met zijn staart. Hij wist heel goed wat het woord 'taart' betekende! Jack, Tessa en Chris grepen naar hun maag.

'Oef,' kreunde Tessa. 'Er kan geen hap meer bij.'

'Het is allemaal de schuld van die Lauro,' bromde Jack.

Tessa lachte hem uit. Chris deed alsof ze hem niet gehoord had en keek de andere kant op.

Gelukkig ging net op dat moment de telefoon, zodat ze niks terug hoefde te zeggen. Nog nalachend stond Tessa op en nam de telefoon aan. Ze luisterde even, en toen verdween de lach ineens van haar gezicht. Ze hield de hoorn omhoog. 'Papa? Het is voor jou.'

De citroentaart stond onaangeroerd op tafel. Iedereen keek naar meneer Loman, die stond te telefoneren. Ze konden niet horen wat er gezegd werd, maar het was duidelijk dat het slecht nieuws was.

'Uh-huh,' zei burgemeester Loman in de hoorn met een ernstig gezicht. 'Uh-huh... Uh-huh...'

Eindelijk legde hij de telefoon neer. Hij draaide zich om naar Jack, Tessa, Chris, Koesja en zijn vrouw. Die keken hem allemaal met een angstig gezicht aan.

'De daders hebben opnieuw toegeslagen,' zei meneer Loman. 'In Hotel Zeezicht deze keer.'

Chris schreeuwde het uit. Meteen daarna beet ze geschrokken op haar lip.

Tessa sloeg een arm om haar heen. 'Wat?!' vroeg ze paniekerig.

Chris bibberde. 'Mijn moeder... Ze speelde vanavond bridge in Zeezicht. Met de gezusters Brontje en de moeder van Nico...'

'Mogen we van tafel?' vroeg Jack.

Chris, Jack en Tessa fietsten zo snel ze konden door de donkere avond naar hotel Zeezicht. Koesja rende voor hen uit. In de verte zagen ze het hotel opdoemen. Het licht viel door de ramen en scheen zwakjes over de duinen eromheen. Voor het hotel stond een ziekenwagen met een blauw zwaailicht. Toen ze aankwamen, gooiden ze hun fietsen op de veranda en renden naar binnen. In de lobby stond Ella met een

85

krijtwit gezicht. Ze kneep zenuwachtig haar handen in elkaar. Naast haar stonden twee ambulancebroeders, die iemand op een brancard legden. Ze konden niet zien wie het was, want er lag een wit laken overheen.

Chris rende eropaf. Was dat haar moeder? Voordat iemand haar kon tegenhouden, rukte ze het laken weg. Op de brancard lag een van de gezusters Brontje. Ze was behoorlijk toegetakeld. Ze had een gat in haar hoofd en er sijpelde bloed in haar grijze haren. Ze had lange schrammen op haar gezicht en haar arm was gebroken.

'Christina Appelboom! Wat doe jij hier zo laat? Ik had nog zó gezegd dat je op tijd thuis moest zijn!'

Chris keek op. Achter haar was haar moeder verschenen. Ze keek kwaad naar Chris. Chris stormde op haar af en sloeg haar armen om haar moeder heen. 'Mama! Ik dacht even dat jij...'

Mevrouw Appelboom duwde Chris van zich af. 'Praat geen onzin, Christina! Allemaal malligheid.'

Chris deed snel een stap achteruit en keek naar de grond. Koesja verscheen naast haar en duwde zijn kop in haar handpalm. Chris sloeg een arm om hem heen en wachtte af. Jack en Tessa gingen ieder aan één kant van haar staan. Zij zagen wel dat Chris behoorlijk geschrokken was.

'Tine en Jet Brontje gingen even een luchtje scheppen in de pauze,' zei mevrouw Appelboom. 'Nico's moeder en ik stonden voor, dus waarschijnlijk gingen ze gewoon even overleggen. Heel onsportief. Hoe dan ook, toen ze niet terugkwamen, zijn we toch maar even buiten gaan kijken. Ze lagen bloedend op de veranda. Nou, zullen we dan maar naar huis gaan?'

Chris keek haar moeder ongelovig aan. 'Naar huis gaan?!'

Mevrouw Appelboom haalde haar schouders op. 'Nou ja, het ziet er naar uit dat hier vanavond niet meer gebridged gaat worden. Flauw hoor. Als je zó moet winnen...'

Ella, Jack, Tessa, Chris en Koesja staarden verbijsterd naar mevrouw Appelboom. Zelfs de ambulancebroeders vergaten hun patiënt even.

Ella legde haar hand op mevrouw Appelbooms arm. 'Je bent natuurlijk overstuur, Aleida,' zei ze. 'Je weet niet meer wat je zegt.'

Mevrouw Appelboom keek haar verbaasd aan.

De ambulancebroeders tilden de brancard op en liepen de lobby uit. Even later hoorden ze de gillende sirenes wegsterven in de nacht.

Ella liet zich in een van de stoeltjes vallen en sloeg haar handen voor haar gezicht. Ze begon zachtjes te huilen. Koesja liep naar haar toe en duwde zijn zwarte kop onder haar arm. Voorzichtig likte hij de tranen van haar gezicht. Ella begroef haar gezicht in zijn vacht. Chris keek naar Jack en Tessa. Toen liepen ze alle drie naar Ella toe en gingen bij haar zitten.

'Vind je mijn vaders reactie nog steeds overdreven?' vroeg Tessa, toch nog een beetje pinnig.

Ella schudde haar hoofd. Toen keek ze de Vier van Westwijk met betraande ogen aan. 'Hier moet snel een einde aan komen.'

Een schroefje los

Toen de deur van haar kamer openging, klikte Chris geschrokken haar scherm weg.

'Christííína? Joehoe? Verrassing!'

Er verschenen drie jurkjes om de hoek van de deur. Daarachter kwam het opgewonden gezicht van mevrouw Appelboom tevoorschijn. Chris staarde in afgrijzen naar de jurken. Eentje was zuurstokroze met linten eraan. Eentje was van tule met rode roosjes erop genaaid. En de derde was zilverkleurig, met een enorme corsage naast de hals.

'En?' zei mevrouw Appelboom stralend. 'Wat vind je ervan?'

Chris wilde net luid en duidelijk gaan vertellen wat ze van deze griezeljurken vond, toen mevrouw Appelboom Jack en Tessa zag zitten. Geschrokken sloeg ze een hand voor haar mond en verborg de drie jurken zo goed en zo kwaad als dat ging achter haar rug.

'Neeee!' kermde ze. 'Je mag de jurken niet van tevoren zien! Dat brengt ongeluk!' Zijwaarts als een krab verliet ze de kamer. De deur sloeg achter haar dicht.

Chris schaamde zich dood. Ze had vuurrode

wangen en durfde Tessa en Jack nauwelijks aan te kijken.

'Die met die roosjes was ééénig,' zei Tessa pesterig. 'Ik wil wedden dat hij je superschattig zal staan, Christina,' zei ze.

Chris mompelde iets onverstaanbaars. Tessa's ogen glinsterden. 'Wat vind jij, Jack? Of wil je liever naar het feest met een zilverkleurige Chris aan je arm? Oooooo, jullie worden vast gekroond tot koning en koningin van het bal!'

'Zeg jij nou maar niks,' snauwde Jack. 'Jij staat straks met de dorpsgek!'

Ineens moest Tessa helemaal niet meer lachen. Ze sloeg haar armen over elkaar en keek kwaad uit het raam. Koesja liep jankend tussen Chris, Jack en Tessa heen en weer. Hij begreep niet waarom ze opeens zo boos deden.

'Waar waren we?' zei Jack. Hij knikte met zijn hoofd naar de computer.

Opgelucht dat het gesprek over de jurk voorbij was, klikte Chris snel weer de schermen tevoorschijn. Er verscheen een balkje in beeld dat langzaam opvulde. 'Hij is nog bezig met laden,' zei Chris.

De avond daarvoor, bij Hotel Zeezicht, waren ze op onderzoek uitgegaan. En ze waren niet verbaasd over wat ze hadden gevonden. Op de plek waar de gezusters Brontje waren aangevallen, waren ze opnieuw de bekende sporen van de Klauw tegengekomen. Dezelfde die ze bij Snackpoint Charlie en in de haven hadden gevonden. Jack had foto's gemaakt met zijn mobieltje. Die foto's stopten ze nu bij Chris in de computer. Chris was behoorlijk goed op de computer. Als deze sporen ergens geregistreerd stonden, zou zij ze zeker kunnen vinden!

Inmiddels verschenen de klauwsporen levensgroot op Chris' computerscherm. Ze huiverde onwillekeurig. Zonder dat Jack en Tessa konden zien wat ze deed, typte ze een paar regeltjes code in. De computer begon te zoeken. Ze kwam terecht op een officieel uitziende database. Ze versleutelde het wachtwoord, en toen was ze binnen! Koesja hing met zijn voorpoten op haar schoot en keek mee met wat ze deed. Jack en Tessa kwamen achter haar staan.

'En?' zei Jack gespannen.

'Wacht even,' zei Chris. 'Volgens mij komt er iets...'

Alle vier keken ze gespannen naar wat er op het scherm gebeurde. Een pagina begon te laden, en toen, ineens, was er een match!

'Nee!' schreeuwde Chris. 'Dat is toch niet te geloven!'
Op het scherm verscheen de veelkleurige draak met
ijzeren scharen aan zijn vinnen. Dezelfde als uit de
legende. Chris logde snel uit voordat haar inbraak
ontdekt werd.

'Toch weer dat monster,' zei Tessa peinzend.

'Wat een onzin!' riep Chris.

'Soms,' giechelde Tessa, 'klink je griezelig veel als
je moeder.'

Chris trok een nijdig gezicht en ging voor zich uit
zitten staren. Koesja gaf haar een lik in haar gezicht
met zijn grote roze tong. Hij vond er niks aan als zijn
bazinnetje kwaad was.

'Probeer het nog eens,' zei Jack. 'Misschien komt
er nog iets anders uit.'

Chris tikte vinnig op de toetsen, maar wat ze ook
probeerde, het enige waar ze steeds op uitkwam was
het Monster uit de legende.

'Zo komen we niet verder,' zei Chris. Ze zette haar
computer uit en staarde uit het raam. Aan de planten
in de tuin was goed te zien dat het snel zomer zou
zijn. De rododendrons, de camelia's en kerstrozen
stonden al volop in bloei. Ella had gelijk: hier moest
snel een einde aan komen. Anders zou het weleens
het einde van Westwijk kunnen zijn.

'We zouden bij de gezusters Brontje op bezoek
kunnen gaan,' zei Tessa weifelend. 'Misschien hebben
zij gezien wie hen aangevallen heeft. Nu komen we
in elk geval niet verder.'

Chris knikte. 'Ze liggen in Medisch Centrum Westwijk. Dan kunnen we meteen weer een keer bij Charlie langs. Daar zijn we ook al een eeuwigheid niet geweest.'

De bus hobbelde door Westwijk. Jack, Tessa en Chris zaten op de achterste rij. Tessa had nog snel een bosje fresia's gekocht voor de gezusters Brontje. Koesja stond in het gangpad en probeerde niet om te vallen als de bus de bocht om ging. Dat lukte hem maar half.

'Denk je echt dat Jet en Tine Brontje iets gezien hebben?' zei Tessa. 'Dan hadden ze gisteren toch ook wel iets gezegd?'

'Gisteren lagen ze bloedend op een brancard,' zei Jack. 'Ze waren veel te geschrokken. Maar misschien herinneren ze zich vandaag wel iets. Je weet maar nooit.'

'Het is toch niet te geloven dat we tot nu toe nog helemaal níéts hebben ontdekt,' zei Chris nijdig. 'Elk spoor eindigt weer bij dat rotmonster. En die heeft het sowieso niet gedaan omdat hij namelijk niet bestaat.'

'Misschien was het Lauro wel,' zei Jack ineens. 'Hij is nieuw in het dorp. En die vernielingen begonnen vanaf het moment dat hij hier die stomme Italiaanse winkel van hem opende.'

Chris keek verbaasd opzij.

Tessa giechelde. 'Jack is denk ik bang dat je liever

met Lauro naar het schoolfeest gaat dan met hem,'
zei ze.

'Echt niet,' zei Jack meteen. 'Maar jullie moeten
toch toegeven dat het wel heel toevallig is dat Westwijk
pas in puin lag toen die Lauro hier kwam wonen.'

De bus stopte met piepende remmen bij de halte
vlak bij de *Westwijker Courant*. Door het raam zagen
ze het krantengebouw. Er stapten twee mensen uit
de bus. Daarna sloten de deuren sissend en reden ze
weer verder. Koesja zette zijn vier poten schrap om
overeind te blijven.

'Het moet iemand zijn die het zomerseizoen wil
verpesten,' zei Chris peinzend. 'Iemand die het op de
toeristen gemunt heeft.'

Jack en Tessa keken elkaar even aan. Toen keken
ze allebei naar Chris en begonnen te lachen.

Zelfs Koesja sloeg vrolijk met zijn staart op de
vloer en kefte mee.

'Wat nou?' zei Chris.

'Als er iemand is die de toeristen weg wil hebben,'
grinnikte Jack, 'dan ben jij het wel.'

Chris stak eigenwijs haar neus in de lucht. 'Ja nou,
ik ben het niet,' zei ze. 'Dat kan ik je verzekeren.'

In de verte doemde Medisch Centrum Westwijk
op. Chris duwde op de stopknop.

Even later liepen Chris, Jack en Tessa door de witte
gangen van het ziekenhuis. Koesja hadden ze weer
buiten moeten laten. De gezusters Brontje lagen met

zijn tweeën op een kamer. Tussen hun bedden hing een gordijntje dat ze open en dicht konden doen. Ze sliepen allebei en zagen er erg klein en fragiel uit in de grote witte bedden.

'Zullen we ze wakker maken?' fluisterde Chris. 'Anders zijn we dat hele eind voor niets gekomen.'

'Dat kunnen we toch niet maken!' zei Tessa geschrokken.

Op dat moment deed Jet Brontje haar ogen open. Misschien was ze wel wakker geworden van het fluistergesprek, zo vlak naast haar bed. Ze had een groot verband om haar hoofd, waardoor ze nog ouder en breekbaarder leek dan anders. Ze glimlachte bibberig.

Tessa stak haar meteen het bosje fresia's toe. 'We kwamen kijken hoe het met u was,' zei ze.

Chris wendde verlegen haar blik af. Het had een goed plan geleken hiernaartoe te gaan toen ze nog op haar kamer waren. Maar nu had ze geen idee wat ze moest zeggen.

'Jij bent toch de dochter van Aleida Appelboom?' vroeg Jet Brontje aan Chris.

Chris knikte. Ze werd rood toen ze eraan dacht hoe haar moeder gisteravond gereageerd had op de aanval op de oude zusters.

'Ontzettend lief van haar dat ze jou laat informeren hoe het met ons is,' zei Jet Brontje vriendelijk.

'Ik zet de bloemen wel even in het water,' bromde Chris narrig, en ze griste de fresia's uit de handen van de oude vrouw. Ze liep naar de kleine badkamer aan de zijkant en pakte een glazen pot. Die liet ze vollopen met water, en ineens werd ze ontzettend kwaad op haar moeder. Het was toch niet normaal dat ze dat soort dingen zei, terwijl de dames met wie ze al zo lang kaartte aangevallen waren! Ze probeerde iets minder kwaad te kijken toen ze terugkwam in de ziekenhuiskamer. Toen ze de bloemen op het nachtkastje zette, ving ze nog net op wat Jet Brontje tegen Jack en Tessa zei: 'Het spijt me dat ik jullie niet kan helpen.'

'Maar u moet!' zei Tessa driftig. 'Denk nog eens goed na!'

Jet Brontje sloot haar ogen. 'Heel lief dat jullie gekomen zijn,' zei ze. 'Maar nu wil ik graag weer slapen.'

Charlie zag er juist alweer een stuk beter uit. Het verband zat nog wel om zijn hoofd, maar hij had alweer praatjes voor tien.

'Hé! Ik vroeg me al af of jullie me nog kwamen opzoeken,' zei hij vrolijk. 'Denken jullie dat je de volgende keer iets lekkers mee kunt nemen? Het eten hier is zó slecht dat het me niet zou verbazen als ik alsnog het loodje leg.'

Jack, Tessa en Chris ploften op zijn bed neer. Ze waren blij dat Charlie flink was opgeknapt.

'Wat wil je dat we meenemen?' vroeg Tessa.

'Kan me niet schelen,' zei Charlie. 'Als het maar niks is van die nieuwe Italiaan.'

Jack grijnsde tevreden.

'Die vent doet goeie zaken nu Snackpoint Charlie dicht is,' mopperde Charlie. 'Wacht maar tot ik weer uit het ziekenhuis ben!'

Toen hield hij zijn hoofd schuin en keek de kinderen priemend aan. 'Maar waarom zien jullie er zo bescheten uit?'

Jack bracht hem snel op de hoogte van alles wat er gebeurd was. Hij eindigde bij de laffe aanval op de gezusters Brontje.

Terwijl hij luisterde schudde Charlie af en toe zijn hoofd en mompelde dingen als 'soduju' en 'het is me wat'.

'En het erge is,' zei Tessa, 'dat we telkens niks anders kunnen vinden dan die klauwsporen. Zelfs Koesja kan geen geurspoor vinden.'

Charlie dacht even na. Toen begon hij te grijnzen. 'Geef mijn jas eens,' zei hij. Hij wees naar de geblokte duffel die over een stoel hing. Tessa gaf hem zijn jas. 'Ik weet niet of het wat is,' zei hij, 'maar ik had deze jas

aan toen ik werd aangevallen. En ik vond dit in mijn zak...' Hij graaide in de zakken en haalde er iets uit. Hij hield het omhoog tussen duim en wijsvinger.

Jack. Tessa en Chris keken ernaar. Het was een schroefje.

'Misschien is het van het monster,' zei Charlie. 'Want ik heb het niet eerder gezien.'

Chris hapte naar lucht en begon toen te lachen. Ze greep naar het schroefje alsof het een kostbare diamant was.

Jack en Tessa keken haar verbaasd aan. Ze konden zich niet voorstellen waarom Chris nou zo blij werd van zo'n achterlijk schroefje!

Bob

De hele busreis terug had Chris niets willen zeggen.
Dus tegen de tijd dat ze eindelijk weer thuis waren,
ontploften Jack en Tessa zo'n beetje van nieuwsgierigheid. Koesja rende luid blaffend rondjes om hen
heen. Hij had heel goed in de gaten dat er iets span-
nends stond te gebeuren!

'Ik snap al die opwinding over zo'n schroefje niet,'
mopperde Tessa.

'Interessantdoenerij,' snoof Jack. 'Je kunt toch wel
wát zeggen?'

Jack en Tessa gingen op Chris' bed zitten. Chris
trok een van de inbouwkasten in haar kamer open.
Er vielen meteen allemaal spullen van de bovenste
plank af. Er stuiterden een paar tennisballen van
Koesja op de grond, waar hij meteen achteraanging.
Hij liet er één tussen zijn kaken op en neer veren.
Chris kon nog net een paar schoenendozen ontwijken die naar beneden vielen en leegrolden over de
grond. Ongeduldig begon ze de kast leeg te trekken.
Jack en Tessa keken met stijgende verbazing naar de
rommel die eruit kwam.

'Waarom heb jij twintig ijzeren buisjes met gaatjes
erin?' vroeg Tessa, terwijl ze er eentje met een vies
gezicht tussen duim en wijsvinger hield.

99

'Daar zitten lapjes in met mensengeur,' zei Chris met haar hoofd in de kast. 'Zo heb ik Koesja leren speuren.'

Tessa gooide het buisje snel weer op de grond.

Chris trok een gitaar met drie kapotte snaren uit de kast en smeet die achter zich neer.

'En die is zeker nog uit de tijd dat je een beroemde popster was?' grinnikte Jack.

'Ahá!' riep Chris. 'Daar heb je hem!'

Jack legde de gitaar neer en kwam achter Chris staan. Chris draaide zich om en hield een spuuglelijk robotje omhoog. Hij kwam tot aan haar knie en zat onder het stof.

'Mag ik jullie even voorstellen?' zei Chris. 'Dit is Bob.'

Tessa trok minachtend haar neus op. 'Ja en? Wat moeten wij daarmee? Wat moet íémand daarmee? Stiekem *Star Trek* spelen als niemand kijkt soms?'

'Ik heb Bob zelf gemaakt,' zei Chris. 'Het was een opdracht van computerklas.'

'Nou, leuk hoor!' Tessa geeuwde verveeld achter haar hand.

'Diezelfde computerklas waar Nico en Ens ook in zaten,' zei Chris nadrukkelijk. Ze keek Jack en Tessa aan en wachtte tot zij eindelijk begrepen waar ze naartoe wilde. Dat gebeurde niet.

Tessa en Jack staarden terug alsof ze niet helemaal lekker was.

Chris zwaaide ongeduldig met haar armen. 'Dat

schroefje van Charlie, dat is van hetzelfde soort als ik voor Bob heb gebruikt. Die kregen we uitgedeeld voor de opdracht.'

'Als je één schroefje hebt gezien, heb je ze allemaal gezien,' zei Tessa. 'Je kunt onmogelijk bewijzen dat dat schroefje van Charlie dezelfde is als deze.'

'Dus wel,' zei Chris. 'Dit zijn speciale schroefjes.

Dat heeft met bijvoorbeeld magnetisme te maken. Kijk...'

'Sorry hoor, Chris,' onderbrak Jack haar snel. Hij was als de dood dat Chris weer een van haar oersaaie computerverhalen begon. 'Maar waarom is dat zo belangrijk?'

'Het was de bedoeling van de meester dat we een robot bouwden met A.I.,' zei Chris.

'Achterlijke Idioten?' vroeg Tessa.

'Artificial Intelligence,' zei Chris. 'Kunstmatige intelligentie dus.'

'Bob ziet er anders niet al te snugger uit,' hoonde Tessa.

Maar Jack was geïnteresseerd. Hij ging naast Bob op de grond zitten. 'Wat kan hij allemaal?' vroeg hij.

Chris pakte een zendkastje en zette Bob aan. Op de plek van zijn ogen begonnen twee rode lampjes te branden.

'Krrrr,' zei hij. 'Kggggrrr!' Zijn vierkante hoofd tolde een keer helemaal in het rond. Toen schoof hij langzaam vooruit op zijn rupsbandjes.

'Heb je dat echt helemaal zelf gemaakt?' vroeg Jack vol bewondering. Hij schudde zijn hoofd. Chris mocht heel anders dan andere meisjes zijn, maar je verveelde je in elk geval nooit met haar!

Koesja liet zijn tennisbal los en begon te grommen. Blijkbaar vertrouwde hij Bob voor geen cent!

'Stil maar, Koes,' zei Chris. 'Bob doet niks.'

'Jawel, hij hobbelt door de kamer heen,' giechelde

Tessa. 'Knap hè? Als dat geen intelligentie is, dan weet ik het ook niet meer.'

'Hij is niet helemaal gelukt,' gaf Chris toe. 'Ik was van plan om hem zo te programmeren dat hij mijn huiswerk kon maken. En dat hij mijn kamer kon opruimen. Maar wat ik ook probeerde, hij kon alleen maar dingen doen die ik hem voorkauwde. Hij kan niet zelf nadenken.'

'Oké,' zei Tessa. 'We hebben Bob nu gezien. We hadden het niet willen missen. Maar waarom werd je er nou ook alweer zo blij van toen Charlie ons dat schroefje liet zien?'

Chris liet Bob stoppen. Hij zei nog even 'krrrr' en toen doofden zijn ogen.

Koesja bleef strak naar hem staren. Het beviel hem niks dat dat rare ding daar in de kamer stond!

Chris ging tegenover Jack en Tessa zitten. 'Stel je nou voor,' zei ze, 'dat het Nico en Ens wél gelukt is om een robot te maken die het doet. Dat ze een manier gevonden hebben om AI te laten werken...'

'Nico en Ens? Die halvegaren?' zei Tessa.

'Het zijn anders meestal niet de mooie sportjongens die belangrijke uitvindingen doen, hoor,' snerpte Chris.

Tessa hief haar hand. 'Oké!' zei ze. 'Stel je voor dat Nico en Ens een soort Bob hebben gemaakt die het wél doet. Je denkt toch niet dat zo'n pietepeuterig klein robotje zoveel schade kan aanrichten? Heb je de Hoofdstraat gezien? En de haven? En Snackpoint

Charlie? Je denkt toch niet dat Bob dat voor elkaar had kunnen krijgen?'

Tessa, Jack en Chris keken naar Bob, die midden in de kamer stond. Hij zag er inderdaad uit als een sullige kabouter. Niet bepaald als een supercrimineel die heel Westwijk aan puin had kunnen slaan.

'Als Bob Charlie had willen aanvallen, had Charlie hooguit pijn in zijn knieën gehad,' hoonde Tessa. 'Hoger komt hij niet.'

'Nee, maar een zeemonster kan wel,' snauwde Chris. 'Dat er een of ander superoud zeemonster aan land komt en de boel sloopt, dat geloof je zeker wél?'

'Nog eerder dan dit,' hield Tessa vol.

Jack had al die tijd niks gezegd. Hij had een arm om Koesja heen geslagen en zat half in gedachten toe te kijken hoe zijn zusje en Chris met elkaar kibbelden.

Even was het stil.

'Je moet toch toegeven dat Nico en Ens zich verdacht gedragen,' zei Chris toen. 'Het is drie jaar geleden dat we die computerklas deden. Toen waren ze al griezelig goed.'

'Dat komt ook alleen maar omdat ze niks beters te doen hebben,' zei Tessa, en ze trok haar neus op. 'Niemand wil iets met hen te maken hebben. Nico's zusje zit bij ons op school. Niemand wil met haar omgaan, omdat Nico haar broer is. Moet je nagaan.'

'Wat heeft dat er nou mee te maken?' vroeg Chris ongeduldig.

'Chris heeft wel gelijk,' zei Jack.

Tessa en Chris keken op. Jack was zo lang stil geweest, en ze waren zo druk aan het ruziën, dat ze bijna vergeten waren dat hij er ook nog was.

'Nico en Ens zitten bij mij op school,' zei Jack. 'En ze geven mijn klas bijles wiskunde. Ze zijn hartstikke goed.'

'Ja, met computers,' zei Tessa. 'Ze hebben geen vrienden omdat ze de hele tijd vastgeplakt zitten aan die domme computer. Wat een watjes!'

'Of het is andersom,' zei Jack, 'en zitten ze de hele tijd aan hun computer vastgeplakt omdát ze geen vrienden hebben.'

Ineens viel het Jack en Tessa op dat Chris opvallend stil was. Geschrokken hielden ze hun mond. Ze waren even vergeten dat alles wat ze nu over Nico en Ens zeiden, je ook over Chris zou kunnen zeggen. Voordat Jack en Tessa naast de familie Appelboom waren komen wonen, was Chris ook helemaal alleen geweest. Haar beste vrienden waren toen Koesja en haar computer.

'Ik bedoel...' begon Jack zwakjes.

'Ja, laat maar,' zei Chris. Ze wilde Jack en Tessa niet aankijken. Koesja stond met stramme poten op en liep naar haar toe. Hij likte over haar gezicht en duwde toen met zijn neus in haar handpalm. Hij wist heel goed wanneer zijn bazinnetje verdrietig was. Chris sloeg haar armen om haar hond heen.

Jack en Tessa keken elkaar aan. Ze schaamden zich dood. Hadden ze hun mond nou maar gehouden.

'We kunnen het gaan onderzoeken,' zei Jack toen. 'Ik bedoel, we kunnen kijken of Nico en Ens inderdaad iets in hun schild voeren.'

Tessa keek hem aan of hij gek geworden was. Jack trok een gezicht naar haar dat ze haar mond moest houden. Tessa begreep ineens wat hij bedoelde. Misschien zou Chris wel vergeten dat ze al die dingen hadden gezegd als ze haar nu haar zin zouden geven. En wat kon het voor kwaad om even te gaan kijken?

'Goed idee,' zei Tessa.

Jack kneep haar zachtjes in haar elleboog. Hij was blij dat zijn zusje het snapte. Chris knapte weer een beetje op.

'Maar waar moeten we beginnen?' zei hij. 'Tessa is al op zijn kamer geweest. Daar is niks.'

Chris dacht even na. 'Weet je nog dat we ze toen tegenkwamen bij die strandhuisjes?' zei ze toen. 'Die keer dat we op het strand waren toen alles weer werd opgebouwd? Volgens mij hebben de ouders van Ens daar zo'n huisje.' Ze sprong op en liep naar de tuindeuren. Ze stond te popelen om te bewijzen dat ze gelijk had.

Tessa en Jack haalden hun schouders op. Ze geloofden helemaal niks van Chris' robottheorie. Maar als ze er iets vrolijker van werd als ze even gingen kijken, konden ze dat net zo goed even doen.

'Misschien vinden we er iets waar we wél wat aan hebben,' mompelde Tessa nog.

Een vreemde ontdekking

Koesja liep met zijn neus over de grond langs de zee. De vloed had allerlei rommel op het strand achtergelaten. Koesja vond het heerlijk om overal in te wroeten. Chris, Jack en Tessa liepen met zijn drieën naast elkaar over het strand. Het werd steeds warmer, en ze hadden hun schoenen uitgetrokken en hun broekspijpen opgestroopt, zodat ze lekker met hun blote voeten over het zand konden lopen.

'Nog even en we kunnen weer lekker aan het strand liggen,' zei Tessa verlangend.

'Niet zolang de Klauw hier nog tekeergaat,' zei Jack grimmig. 'Dan sluit papa de stranden.'

Chris zei niks. Ze wist zeker dat ze gelijk had. Vanaf het moment dat Charlie hun het schroefje had laten zien, snapte ze dat al die geheimzinnige aanvallen van de laatste tijd iets met Nico en Ens te maken moesten hebben. Hoe het precies zat, wist ze niet. Maar ze was vast van plan om erachter te komen. Chris wist heus wel dat Jack en Tessa geen woord geloofden van wat ze zei. Ze gingen alleen maar met haar mee omdat ze zich schaamden over wat ze gezegd hadden. Chris wilde per se bewijzen dat ze ongelijk hadden.

Ze waren het laatste strandpaviljoen inmiddels

voorbij. Verderop stonden de rijen en rijen witte vakantiehuisjes.

Chris floot Koesja. Die stak zijn kop omhoog om te kijken wat ze van hem wilde.

'Hier!' riep Chris. Koesja liet zijn oren hangen. Hij had helemaal geen zin om naar het hoger gelegen deel van het strand te gaan. Hij wilde lekker aan zee blijven, waar hij tenminste troep kon opsporen.

Jack, Chris en Tessa staken schuin het strand over. Ze ploegden door het mulle zand. Waar de zee het strand overspoelde tijdens de vloed, was het zand lekker hard en plat. Maar op het gedeelte van het strand dat droog bleef, zakte je voet met elke stap een flink eind het zand in. Tegen zijn zin in sukkelde Koesja achter hen aan.

De vakantiehuisjes stonden in drie lange rijen tegen de duinrand aan. Het waren piepkleine huisjes, die een meter van elkaar af stonden. Sommige families kwamen nu al hun weekenden aan het strand doorbrengen. Maar omdat de vakantie nog moest beginnen, stonden de meeste huisjes op dit moment nog leeg.

Chris keek bij een van de lege huisjes door het raam naar binnen. De huisjes waren bizar klein.

'Wat nu?' vroeg Tessa. 'Hoe weten we welk huisje we moeten hebben? Het zijn er meer dan honderd, en ze lijken allemaal op elkaar!'

Chris haalde haar schouders op. 'We moeten overal

langslopen, en kijken of we iets kunnen vinden.'

'Cool!' zei Tessa, weinig enthousiast.

De Vier van Westwijk ploegden tussen de huisjes door. Bij alle huisjes keken ze even naar binnen, maar ze vonden geen spoor van Nico en Ens. Bij sommige huisjes hing er een gordijn voor het raam. Daar konden ze niet eens naar binnen kijken.

'Stel nou dat hun huisje precies een huisje is waar een gordijn voor hangt?' zeurde Tessa. 'Dan sjokken we hier mooi voor niks rond. Au!'

Jack had haar gemeen in haar bovenarm geknepen. Tessa wreef over de pijnlijke plek.

'Kop dicht!' fluisterde Jack.

Tessa zuchtte diep. Ze wist hoe Jack was als het om Chris ging.

Koesja begon te blaffen. Hij was half onder een van de huisjes gekropen en kwispelde hevig.

'Waf!' riep hij. 'Grrrr!'

'Kom op, Koes!' riep Chris ongeduldig.

Maar Koesja kwam niet van zijn plaats. Hij begon alleen maar harder te blaffen. Zuchtend liep Chris naar hem toe. 'Wat heb je gevonden? Een konijn, of een of ander smerig zeebeest?'

Koesja schoof op zijn buik onder het huisje. Het enige wat Chris, Tessa en Jack nog van hem konden zien was zijn kwispelende staart. Toen kroop hij achterwaarts weer terug. Zijn kop zat onder het zand, en hij had iets in zijn bek.

'Wat is dat?' vroeg Tessa.

'Los!' zei Chris.

Koesja gromde nog even, maar liet toen toch los. Toen Chris zag wat hij gevonden had, slaakte ze een kreet.

Jack en Tessa kwamen geschrokken dichterbij. 'Wat heb je?'

Chris deed eerbiedig haar hand open. Daarin lag een onooglijk poppetje. 'Het is een Boba Fett,' zei ze ademloos. 'Puntgaaf.'

Tessa en Jack wisselden een blik. Ze hadden geen idee waar Chris het over had.

'Oké,' zei Tessa. 'Wat moeten we daarmee? Holodeck spelen? Of iets anders dat computernerds blijkbaar doen? Wat ís dat?'

'Wie Boba Fett is?' zei Chris ongelovig. Ze keek Tessa aan alsof die van een andere planeet kwam.

'*Star Wars*?' vroeg Jack aarzelend.

Chris knikte vol vuur. 'Hij is een kloon van de pre-miejager Jango Fett, die als model diende voor het klonenleger. Maar het verschil is dat Boba een iden-tieke kloon is. In vergelijking met de andere klonen is hij onafhankelijker, omdat hij niet gekweekt is met een versneld groeiproces.'

Toen Chris zag dat Tessa vol walging naar haar stond te kijken, hield ze snel haar mond. 'Niet dat dat mij verder iets kan schelen,' zei ze met vuurrode wangen.

Tessa snoof luidruchtig, maar zei niets. Ze zou Chris nooit begrijpen. Elke keer dat ze dacht dat Chris best wel een normaal meisje was, kwam ze weer met een of ander gestoord computerkneuzenverhaal aan.

'Daar ga jij dan mee naar het schoolfeest,' mompelde ze tegen Jack.

Haar broer negeerde haar. 'Dat poppetje...' begon hij. Maar toen hij Chris' gezicht zag, verbeterde hij zichzelf snel. 'Die Boba Fett, bedoel ik, die is vast van Nico en Ens. Dat kan bijna niet anders.'

'O ja,' zei Chris. 'Dan zijn ze nog stommer dan ik dacht. Dit is een puntgave Boba Fett uit 1979. Die verlies je echt niet zomaar. Dat dóé je gewoon niet. Weet je wel hoe moeilijk het is om...'

'Wát?!' zei Tessa geïrriteerd.

'Niets!' zei Chris, die maar wilde dat ze niks gezegd had. 'Ik zei: "o ja" en daarna hield ik op met praten.'

Tessa keek even peinzend naar het poppetje in Chris' hand. 'Als die *Star Wars*-kneus inderdaad van Nico en Ens is,' zei Tessa, 'dan zit hun geur eraan. Dan kunnen we Koesja eraan laten ruiken en hij kan ons het goede huisje aanwijzen.'

Koesja blafte en sloeg enthousiast met zijn staart in het zand. Jack en Chris keken Tessa even sprake-loos aan.

'Briljant!' zei Chris toen. Voorzichtig liet ze haar hond aan het poppetje ruiken. 'Zoek!' spoorde ze haar hond aan. 'Zoek het huisje van Ens!'

Koesja snuffelde luidruchtig aan de Boba Fett, en stak toen zijn neus in het zand. Hij draaide eerst een paar rondjes, maar toen leek hij het goede spoor te hebben gevonden. Met zijn neus vlak boven de grond en zijn staart in de lucht liep hij slalommend tussen de huisjes door.

Chris, Jack en Tessa renden hijgend achter hem aan. Toen ze bij een van de achterste huisjes kwamen, sprong Koesja tegen de voordeur op en blafte luid.

Chris, Jack en Tessa stonden voor de glazen deur. Er hing een gordijn voor, zodat ze niet naar binnen konden kijken. En er zat een ingewikkeld elektronisch slot op. Het zag eruit als een zwaarbewaakte kluis.

'Kun jij dat slot kraken?' vroeg Jack aarzelend aan Chris.

'Als ik mijn computer had wel,' zei ze. 'Ik kan naar huis gaan om mijn laptop te halen.'

Jack schudde zijn hoofd. 'Dat duurt veel te lang.' Hij liep om het huisje heen. 'Als ergens een zwaar slot op zit, moet je nooit proberen het slot open te breken. Maar kijken waar ergens anders een zwakke plek zit.' Hij voelde aan de planken van het huisje. Hij klopte op het hout en trok eraan. Toen vond hij aan de achterkant een plank die loszat. Hij haalde

zijn zakmes uit zijn spijkerbroek en zette die tussen de losse plank. Het hout begon te kraken. Jack wrikte en trok, en toen liet de plank los!

Tessa keek angstig om zich heen. Ze stonden hier gewoon op klaarlichte dag in te breken! Chris had nergens last van. Die hielp Jack met het lostrekken van de volgende plank. Toen ze een gat hadden dat groot genoeg was, kropen Chris, Jack en Koesja naar binnen. Tessa stond nog steeds te dralen. Maar haar nieuwsgierigheid won het van haar angst. Snel kroop ze achter hen aan het gat in.

Jack, Tessa, Chris en Koesja stonden met zijn vieren midden in het huisje. Ze keken in het rond. Niemand zei wat. Het was ook ongelooflijk wat ze daar aantroffen. Het hele huisje stond vol met computerschermen en allerlei apparatuur. Aan de muren hingen grote vellen papier met ingewikkelde berekeningen. Overal liepen dikke, gekleurde kabels over de grond. Aan de zijkant stond een ijzeren bed. Dat was verbonden met de computers en de kabels.

Tessa was de eerste die sprak. 'Chris, wat betekent dit?'

Voor de eerste keer sinds ze in het huisje waren ademde Chris uit. De lucht ontsnapte in een zware zucht. 'Volgens mij,' zei Chris, 'betekent dit dat ik gelijk had.'

Op zoek naar Nico en Ens

Met een bleek gezichtje trok Tessa Jack aan zijn mouw. 'Jack, ik wil hier weg,' zei ze zacht.

Chris trok zich niets van Tessa aan en liep naar de vellen papier aan de muur waar formules op geschreven stonden. In rode, zwarte en groene stift stonden er allemaal vreemde tekentjes en pijlen. Chris schudde haar hoofd. Hier kwam ze niet uit. Ze liep naar de L-vormige tafel met de computerschermen.

'O nee!' riep Tessa meteen. 'Blijf alsjeblieft van die computers af!'

'Maar ze staan nog aan!' zei Chris. 'Niemand heeft het in de gaten als ik even kijk wat erop staat.'

Nog voordat Jack en Tessa konden ingrijpen, was ze al bezig. Koesja ging naast haar zitten en keek mee.

'Dit is geweldig spul,' zei Chris. Ze kwijlde er bijna van. 'Hoe komen ze hieraan?'

'Chris, laat dat!' jammerde Tessa. 'Jack, zeg jij nou ook eens wat!'

Op dat moment sneed het geluid van Jacks mobiele telefoon door de kleine ruimte. Tessa maakte een sprongetje van schrik.

'Kwaad geweten?' grinnikte Chris.

Jack nam op. 'Uh-huh,' zei hij in de telefoon. 'Uh-huh.' Toen betrok zijn gezicht. 'O nee!' riep hij. 'Echt waar? We komen eraan!'

Hij klapte zijn telefoon dicht. 'Er is weer een aanval geweest,' zei hij. 'Linda, het zusje van Nico, is verdwenen. Op het bord in de voortuin hebben ze klauwsporen gevonden.'

Tessa keek Jack met grote ogen aan. Zelfs Chris scheurde haar blik los van het computerscherm.

'Mama wil dat we naar huis gaan,' zei Jack. 'Ze wil dat we binnenblijven tot de dader gevonden is.'

'Echt niet,' zei Tessa.

'In elk geval moeten we hier weg,' zei Jack. 'Chris, kom op!'

Tot zijn stomme verbazing ging Chris zonder morren met hen mee. Jack had verwacht dat hij haar met geweld bij de supercomputers had moeten wegsleuren!

Zo goed en zo kwaad als het ging schoven ze de losse planken van het huisje weer op hun plek. Hopelijk zou niemand in de gaten hebben dat ze binnen waren geweest.

Voor het huis van Jack en Tessa stond Ciska Beerenpoot. Ze had een fotograaf bij zich en drukte de bel bijna door de deur. De Vier van Westwijk kwamen net de straat in lopen toen mevrouw Loman de deur opendeed. Toen ze zag wie daar stond, sloeg ze haar armen over elkaar en keek zo kwaad mogelijk.

'Ik wil burgemeester Loman spreken!' eiste Ciska Beerenpoot.

'Die is er niet,' snauwde mevrouw Loman.

'We weten dat hij thuis is, want hij is niet op het stadhuis,' hield Ciska Beerenpoot vol. 'De Westwijkers hebben recht op antwoorden!'

De fotograaf flitste mevrouw Loman in haar gezicht toen hij foto's maakte.

'De burgemeester is verantwoordelijk voor de laffe aanval op dat kleine meisje,' snerpte Ciska Beerenpoot. 'Hij had meteen na de eerste aanslagen maatregelen moeten treffen!'

Mevrouw Loman hapte naar adem van verontwaardiging. Natuurlijk, het was Ciska Beerenpoot die dit zei, dus dat kon je niet serieus nemen. Maar dan nog!

'U kunt u misschien herinneren,' begon mevrouw Loman op een heel gevaarlijk toontje, 'dat mijn man dat ook wilde dóén. En dat toen heel Westwijk begon te schreeuwen dat dat geheimgehouden moest worden. Vanwege de toeristen.'

'Schandelijke leugens!' riep Ciska Beerenpoot. 'Opnieuw Draait De Politiek Haar Burgers Een Loer!' Van opwinding begon ze al in krantenkoppen te praten.

Jack kon het niet langer aanhoren. Hij liep het tuinpad op en ging tussen zijn moeder en Ciska Beerenpoot in staan. Tessa, Chris en Koesja liepen snel achter hem aan.

'Wij hebben verder geen commentaar,' zei hij rustig. 'Laat mijn moeder met rust.'

'Grrr,' zei Koesja.

Ciska Beerenpoot bekeek de kinderen vol weerzin. Ze was nog niet vergeten dat zij haar te slim af waren geweest toen Bo Monti verdwenen was. En bij het oplossen van het raadsel rond De Duinroos. 'Jullie weer!' zei ze kwaad.

Jack keek haar recht in het gezicht. Hij sloeg zijn armen over elkaar. 'Zo is dat,' zei hij. 'Wij weer. En nou wegwezen!'

Ciska Beerenpoot vertrouwde het voor geen cent,

dat zag je zo. Ze bekeek de kinderen fel met haar prie-moogjes en haar puntige steekneus. 'Jullie zijn toch niet iets op het spoor, hè?' zei ze ineens. 'Want als jullie iets weten, zijn jullie verplicht dat door te geven aan de pers!'

Ze pakte haar blocnote uit haar tas en hield haar pen in de aanslag.

'Volgens mij zijn we verplicht het door te geven aan de politie,' zei Jack kalm. 'Maar zeker niet aan jou.'

'Dus jullie weten inderdaad iets!' zei Ciska Beerenpoot slim.

'Als we iets zouden weten, zouden we dat zeker niet aan jou vertellen,' zei Tessa. Ze ging recht voor Ciska Beerenpoot staan, zette haar handen in haar zij en keek haar brutaal aan. 'En als je in de krant durft te zetten dat dit de schuld van mijn vader is, ben je nog niet jarig.'

'Ik mag opschrijven wat ik wil,' zei Ciska Beerenpoot hooghartig. 'Vrijheid van meningsuiting.' Maar toen Koesja begon te grommen, deed ze snel een paar stappen achteruit.

'U bent nog niet van mij af,' zei ze tegen mevrouw Loman. Toen draaide ze zich om en liep snel het tuinpad af, op de voet gevolgd door de fotograaf.

Mevrouw Loman gaf Koesja een plakje worst.

'Waar is papa?' vroeg Tessa aan haar moeder.

'Gewoon binnen,' grinnikte mevrouw Loman. 'Maar dat ga ik dat rare mens natuurlijk niet aan haar neus hangen.'

'Is er al meer bekend over Nico's zusje?' vroeg Jack.

Mevrouw Loman schudde haar hoofd. 'Maar totdat de dader is opgepakt, wil ik niet meer dat jullie door Westwijk zwerven,' zei zijn moeder. 'Veel te gevaarlijk.'

Chris, Jack en Tessa keken elkaar geschrokken aan. Net nu ze eindelijk een spoor hadden!

'Nou,' begon Tessa, 'mevrouw Appelboom heeft gevraagd of wij even bij de moeder van Nico willen langsgaan. Ze bridgen samen en ze is ontzettend bezorgd om haar. Het zou wel erg onaardig zijn als we niet zouden gaan vragen of we iets voor haar kunnen doen.'

Tessa lachte allerliefst naar haar moeder. Jack en Chris waren vol bewondering. Zelf werden ze altijd meteen betrapt als ze logen over het kleinste dingetje. Maar iedereen geloofde Tessa altijd meteen op haar woord. Mevrouw Loman twijfelde.

'Toe nou, mama,' smeekte Tessa. 'Daarna komen we meteen naar huis. Beloofd.'

'Nou, vooruit dan maar,' zei haar moeder aarzelend. 'Maar jullie moeten me beloven dat jullie voorzichtig zijn.'

'We hebben Koesja bij ons,' zei Tessa.

Koesja blafte en gaf Tessa een liefdevolle lik over haar hand.

Tessa veegde snel haar hand af aan haar broek.

'Hij zegt net dat hij ervoor zal zorgen dat ons niets overkomt,' zei ze tegen haar moeder.

'En nu?' vroeg Chris. Ze liepen naar het dorp.
'Naar het huis van Nico's moeder natuurlijk,' zei Tessa opgewekt.
'Je wilt toch niet echt bij dat vreselijke mens op bezoek?' vroeg Jack geschrokken.
Tessa maakte een ongeduldig gebaar. 'Natuurlijk niet. Maar het eerste wat we nu moeten doen, is Nico en Ens opsporen. En vanuit dat huis kan Koesja een geurspoor oppikken. En we hebben die Bobo Fett nog.'
'Bobá,' zei Chris. 'Bobá Fett.'
Tessa deed alsof ze haar niet hoorde.

Het bord ZIMMER UND FRÜHSTÜCK stond nog steeds in de voortuin van Nico's huis. Maar nu stonden er sinistere krassen op. Opnieuw waren er klauwsporen achtergelaten. Chris haalde de Boba Fett tevoorschijn. Ze hield hem onder Koesja's neus, zodat de hond zou begrijpen wie hij moest opsporen. De knappe, grote herder leek het allang te weten. Hij snuffelde maar heel even, pikte toen een spoor op en ging ervandoor. Jack, Tessa en Chris renden achter hem aan.

Koesja liep met zijn neus tussen zijn voorpoten voor hen uit, naar de oude vuurtoren. Daar liep hij even een rondje, alsof hij het spoor kwijt was. Maar toen ging hij weer verder. Hij liep het Vuurtorenplein af en sloeg een weg in die naar de buitenrand van het dorp leidde. De kinderen konden hem maar nauwelijks bijhouden.

Op een hoek bleef Tessa hijgend staan en greep naar haar zij. 'Kan. Niet. Meer,' piepte ze. Toen ze over haar schouder keek, zag ze ineens een klein rood autootje, dat ook stopte. Toen ze weer verder liep, begon het autootje ook weer te rijden. Ze sloegen een hoek om. En ja hoor, even later zag Tessa het rode autootje ook weer verschijnen.

'Jack, Chris!' riep ze.

Jack en Chris keken om en zagen Tessa gebaren dat ze moesten stoppen. Chris hield Koesja tegen. 'Hij zit net iets op het spoor,' zei ze geërgerd. 'We kunnen hem nu niet stoppen.'

'We worden gevolgd!' zei Tessa. 'Kijk, daar!'

Het rode autootje was ook weer gestopt en stond nu verdekt opgesteld achter een boom.

Jack legde zijn vinger tegen zijn lippen, als teken dat Tessa en Chris stil moesten zijn. Toen liep hij snel achter om een reclamezuil heen en sloop door de schaduw van een gebouw tot achter het groepje bomen. Van daaruit kon hij het autootje heel goed zien. Hij keek heel voorzichtig langs de stam van een dikke eik. In het autootje zat Ciska Beerenpoot!

De perfecte robot

'Kiekeboe?' fluisterde Jack vriendelijk. Hij verscheen voor het autoraampje.

Ciska Beerenpoot schrok zo ontzettend toen ze hem zag dat ze met een gilletje omhoogschoot en haar hoofd tegen het dak stootte.

Nu verschenen ook Chris, Koesja en Tessa bij het autootje. Tessa ging in het andere raampje hangen. Ze glimlachte minstens zo vriendelijk als Jack. 'Tjee, wat toevallig dat we jou hier zien,' teemde ze. 'Of ben je ons soms aan het achtervolgen?'

'H-helemaal niet,' stamelde Ciska. 'Ik ehm... Ik was op weg naar de redactie van de *Westwijker Courant.*'

'O, maar dat is de andere kant op, hoor,' koerde Tessa liefjes door.

Ciska viel uit haar rol. 'Jullie wéten iets!' zei ze. 'Jullie proberen iets voor mij te verbergen. Maar reken maar dat ik erachter zal komen wat het is!' Daarna gaf ze gas en ze scheurde zo hard weg dat Chris en Koesja nog net op tijd opzij konden springen.

Jack en Tessa barstten in lachen uit. Maar Chris stond ongeduldig van haar ene op haar andere been te hinken. Ze had Koesja vast bij zijn halsband. De hond rukte en trok.

'Kunnen we nu eindelijk verder?' riep Chris. 'Ik hou hem niet meer!'

Voor de zekerheid hield ze nog één keer de Boba Fett voor Koesja's neus, maar de hond hapte nijdig naar het poppetje. Chris trok geschrokken haar hand terug. Haar kostbare, zeldzame Boba Fett uit 1979! Ze stopte hem in haar zak en rende achter Koesja aan.

De achtervolging ging de hele Bosweg af, het dorp uit, voorbij Medisch Centrum Westwijk totdat ze uiteindelijk bij de uitgestrekte bollenvelden uitkwamen. Deze tijd van het jaar stonden de velden prachtig in bloei. Krokussen, narcissen en hyacinten in bonte kleuren waren in lange rijen en mooie figuren uit de grond geschoten. Het leek wel een levend schilderij. Normaal vond Chris het prachtig, maar vandaag had ze er geen oog voor. Ze draafde achter haar hond aan langs de velden. Koesja hijgde. Ook hij begon moe te worden. Uiteindelijk bleef hij staan bij een grote, vervallen bollenschuur. Zijn lange, roze tong hing ver uit zijn bek en hij hijgde hevig. Toen hij Chris, Jack en Tessa zag komen aanrennen, liet hij zich op de grond vallen. Hij had hen hiernaartoe gebracht, en nu wilde hij rusten.

Ook de kinderen stonden uit te blazen. Het was een wilde achtervolging geweest. Maar ze hadden Ciska Beerenpoot mooi weten af te schudden. Toen ze op adem waren gekomen, keken ze omhoog naar de oude bollenschuur. Volgens Koesja hield het spoor hier op. Dus ze zouden Nico en Ens hier ergens moeten vinden. Koesja was inmiddels opgestaan om water te zoeken. Hij vond ergens in een greppel een plasje regenwater en begon gulzig te slobberen.

Chris, Jack en Tessa liepen om de schuur heen naar de voorkant. Daar zaten twee grote schuifdeuren.

'Volgens mij zit het niet op slot,' zei Jack. Hij begon aan een van de deuren te trekken. Langzaam schoof die piepend en krakend weg. Ze staken hun hoofd om de hoek. Binnen in de schuur was het schemerig. Er stonden wat oude landbouwapparaten aan de zij-kanten, maar voor de rest was het er leeg.

'Stil eens,' fluisterde Jack. Chris en Tessa hielden hun hoofd scheef. Wat hoorde Jack? Toen hoorden zij het ook. Vanachter uit de schuur klonken gesmoorde geluiden. Chris gebaarde Koesja dat hij moest komen. Ze ging beslist niet zonder haar hond op een onbe-kend gevaar af!

Met zijn vieren slopen ze zo stilletjes mogelijk naar de achterkant van de schuur. Ze bleven staan achter een oogstmachine die onder een oud, donkergroen zeil stond. De geluiden werden duidelijker. Koesja begon te kwispelen en sprong achter de machine vandaan. Chris ging meteen achter hem aan, gevolgd door Jack en Tessa. Daar in een hoek van de schuur zaten Nico en Ens! Ze waren met hun handen op hun rug aan een paal gebonden. Om hun mond zat een doek gebonden zodat ze niet om hulp konden roepen.

Tessa greep Chris bij haar arm en wees. Chris knikte, zij had het ook gezien: op de paal stonden de sporen van de Klauw!

Jack knielde bij Nico en Ens neer en haalde de knevels van hun mond af. De twee jongens begonnen meteen onverstaanbaar door elkaar heen te praten.

'Stil,' zei Jack, die ook allang de sporen op de paal had gezien. Nico en Ens hielden meteen hun mond. Jack sneed intussen de touwen los waarmee ze aan de paal waren gebonden. 'Ik hoef maar één ding te weten,' zei hij. 'Hebben jullie gezien door wie jullie zijn aangevallen?'

Nico en Ens hadden ineens geen praatjes meer. Ze keken elkaar aan met een stiekeme blik.

'Nou?' zei Tessa kwaaiig.

Nico keek haar smoorverliefd aan. 'Ik wist wel dat je me zou komen bevrijden,' zei hij.

Tessa keek hem verbaasd aan. Ze wilde vragen wat hij daarmee bedoelde, maar bedacht zich net op tijd. Ze wist zeker dat ze het antwoord niet wilde weten!

'Vertel nou maar wat jullie weten, of ik stuur de hond op jullie af,' zei ze streng.

Koesja ging naast haar staan en zette zijn nekharen overeind. Hij gromde diep vanuit zijn keel en trok zijn lippen op zodat je de blinkende hoektanden goed kon zien. Nico en Ens slikten zichtbaar.

'Wij weten het ook niet,' zei Nico. 'Het was donker, maar ik denk dat ze minstens met zijn tienen waren.'

Ens knikte. 'Misschien nog wel meer.'

'Hou op met die onzin!' riep Jack kwaad. 'Wist je dat je zusje ook aangevallen is?'

Nico schrok.

'Niemand weet waar ze is,' ging Jack verder. 'Als jullie niet vertellen wat jullie weten, overleeft ze het misschien niet.'

'En we hebben allang gezien wat jullie gedaan hebben,' vulde Chris aan. 'In het strandhuisje. We zijn er binnen geweest. Jullie hebben geprobeerd een robot te maken. Net als toen bij computerklas. Probeer het maar niet te ontkennen.'

Nico en Ens keken elkaar even aan. Ens schudde met zijn hoofd. Hij wilde niet dat Nico iets zou zeggen. Tessa ging naast Nico zitten en keek hem allerliefst aan. 'Kom nou, je zegt het toch wel tegen mij?' fleemde ze.

Nico werd knalrood. 'Ze weten nou toch alles al,' lispelde hij tegen Ens.

'Niet alles,' siste Ens terug. 'Hou je kop!'

Maar Nico schudde zijn hoofd. 'Alles is mislukt,' zei hij tegen Tessa, Jack en Chris. Hij stond op en strekte zijn stijve benen. Toen hij begon te praten, durfde hij hen nauwelijks aan te kijken. 'Het is allemaal onze schuld: die vernielingen in de Hoofdstraat, al die gezonken boten, Snackpoint Charlie...' Hij leunde tegen de oogstmachine en sloeg zijn handen voor zijn gezicht. 'Ik dacht dat ik eindelijk de manier had gevonden om een perfecte robot te bouwen. Je weet nog wel dat het telkens misging op die computerklas.'

Chris knikte.

'Waarom het toen niemand lukte,' zei Nico, 'is omdat we dachten dat we het alleen met elektronica moesten doen.'

'Ja?' zei Chris ongeduldig, maar toen herinnerde ze zich ineens het bericht uit de krant. Ze wees met een beschuldigende vinger naar Nico. 'Menselijk weefsel!' riep ze. 'Jullie hebben ingebroken in het ziekenhuis en menselijk weefsel gestolen!'

Nico knikte. 'En het lukte.'

Ook Ens was nu opgestaan. Hij ging naast Nico staan. Zijn ogen glansden. 'Man, het was zó tof!'

Tessa boog zich over naar Jack. 'Ligt het aan mij dat ik geen idee heb waar ze het over hebben?' fluisterde ze.

Jack schudde zijn hoofd. 'Volgens mij moet je computertaal spreken om hier nog iets van te begrijpen,' zei hij. 'Gelukkig hebben we Chris bij ons.'

Nico en Ens legden aan Chris uit hoe ze het gedaan hadden en Chris stond enthousiast te knikken.

Af en toe zei ze dingen als: 'Maar natuurlijk, dat is de oplossing' en: 'Dat ik daar zelf niet op gekomen ben.'

Jack, Tessa en Koesja begonnen zich de sokken uit de schoenen te vervelen.

'Dat is allemaal leuk en aardig,' onderbrak Tessa het gesprek, 'maar waar is die fijne robot van jullie dan nu?'

'Losgeslagen,' zei Nico somber.

Ens knikte. 'Iets met zijn circuits, denken we. Dat krijg je ervan als je aan het strand woont. Al dat zand en zout is niet goed voor machines.'

'We waren al bezig om sommige onderdelen te vervangen,' vulde Nico aan, 'maar toen kreeg hij kortsluiting en ging ervandoor. We proberen hem al de hele tijd op te sporen, maar omdat hij in verbinding staat met onze computers, heeft hij dat in de gaten. Daarom heeft Boris ons hier opgesloten.'

'Boris?' vroeg Tessa vol walging.

Nico bloosde.

Tessa keek hem aan. En ineens begreep ze het. 'Jullie hebben gewoon een vriendje gebouwd!' riep ze uit.

Nico en Ens durfden haar nauwelijks aan te kijken.

'Omdat niemand op school met jullie wil omgaan,' ging Tessa door. 'Daarom hebben jullie er zelf maar één gemaakt. Een vriend die precies doet wat jullie zeggen!'

'Nou, niet helemaal dus,' zei Ens. Maar Nico keek naar de punten van zijn schoenen en voelde zich diepellendig dat Tessa hem doorhad.

Tessa draaide zich om naar Jack en Chris en begon honend te lachen. 'Kan het nóg erger?' zei ze spottend. Ze schok toen ze Chris' gezicht zag, maar het was al te laat.

Chris was woedend. 'Jij weet gewoon niet hoe het is als je altijd gepest wordt op school,' snauwde ze. 'Jij met je hordes stomme giechelende vriendinnetjes. Het meisje met de mooie kleertjes, het juiste merk rugtas, dat altijd voor alle feestjes wordt uitgenodigd. Dat de hoofdrol krijgt in elk toneelstuk. Heb jij ooit je schooltas teruggevonden in het water? Hebben ze bij jou jeukpoeder in je gymkleren gedaan? Heb jij ooit in je eentje op het schoolplein gestaan omdat niemand wilde dat je erbij kwam?' Chris hijgde ervan, zo kwaad was ze.

Tessa keek geschrokken naar Jack.

Die sloeg een arm om Chris heen. 'Tessa bedoelde

het niet zo,' zei hij. 'Als je wilt, zal ik je het verhaal vertellen van die keer dat we op vakantie in Frankrijk waren. Niemand wilde met Tessa spelen omdat ze dachten dat ze vlooien had.' Hij lachte, en Chris bedaarde een beetje.

'Ja, omdat jij dat iedereen had wijsgemaakt!' zei Tessa kwaad. Maar ze was blij toen ze zag dat Chris alweer een beetje kon lachen. 'Sorry,' mompelde ze.

'Laat maar zitten,' zei Chris. Ze schaamde zich een beetje voor haar uitbarsting. Ze was zelf vaak gepest op school, voordat ze Jack en Tessa kende. Als iemand begreep dat Nico en Ens een groot en sterk vriendje hadden gebouwd om zichzelf te beschermen, was zij het wel. Jammer dat het zo uit de hand gelopen was.

'Vrienden?' vroeg Tessa.

'Vrienden,' zei Chris.

Tessa keek peinzend naar de klauwsporen op de paal. 'Zeg, die Boris van jullie,' zei ze tegen Nico en Ens, 'die heeft toevallig geen monsterachtige klauwen?'

Nico en Ens knikten enthousiast.

'Het zijn een soort scharen,' zei Nico.

'Met uitschuiffunctie voor extra mogelijkheden,' zei Ens glunderend.

'Nou, dat is dan ook weer opgelost, zei Tessa. Ze bekeek de twee jongens vol weerzin. 'Maar intussen zitten we wel met een losgeslagen robot die het blijkbaar op heel Westwijk en zijn bewoners gemunt heeft. Wat moeten we doen?'

Hacker in de bocht

Op Chris' kamer lag een baljurk over haar bed gespreid. Hij was roze, met wel tien laagjes tule. Mevrouw Appelboom had blijkbaar nog steeds de jurkjesgriep. Chris moffelde het roze snoepgeval snel onder het matras, voordat iemand hem kon zien.

Ze waren met zijn allen teruggegaan naar het huis van de familie Appelboom. Nico en Ens waren ook mee. Onderweg hadden ze het hele verhaal uit de doeken gedaan. Het grootste probleem was dat Boris een eigen leven was gaan leiden. Vanaf het moment dat hij niet meer gehoorzaamde, was hij begonnen Westwijk te slopen.

'We denken dat hij ergens naar op zoek is,' zei Nico. 'Maar we weten niet wat.'

'Jullie hebben hem zelf geprogrammeerd,' zei Chris, terwijl ze haar computer opstartte. 'Dan zou je toch tenminste een idee moeten hebben!'

Op haar computerscherm zat een geel briefje geplakt. Daarop stond in het handschrift van mevrouw Appelboom: *Er staat een canneloni con ricotta y courgette in de oven.* Chris verfrommelde het briefje en smeet het in de prullenbak. Af en toe werd ze heel, heel moe van haar moeder.

'Jemig, wat een oude computer!' riep Nico. 'Wat kun je daar nou mee? Die heeft hooguit een processorsnelheid van 2,3 gigahertz, of niet?'

'2,4,' zei Chris nijdig. 'En ruim voldoende parallelle scsi-apparatuur.'

'Waar gáát dit over?' fluisterde Jack tegen Tessa.

'Weet ik veel,' fluisterde ze terug. 'Ik spreek geen watjes.' Tessa en Jack zaten op Chris' bed. Koesja zat naast hen op de grond. Ze keken alle drie nogal ongelukkig naar Chris, Nico en Ens, die achter de computer hingen.

'Stil maar, Koes,' zei Jack. Hij aaide de hond over zijn kop. 'Als die twee *Star Wars*-klonen straks weg zijn, wordt het baasje weer normaal.'

'Je kunt Boris niet opsporen met deze computer,' snoof Ens. 'Hij staat alleen in verbinding met die van ons. En we hebben hem beveiligd met de modernste programma's, dus je kunt hem niet hacken.'

Chris trok zich niets van hem aan en klikte een scherm open.

Nico en Ens schreeuwden van verbazing. 'Hoe dóé je dat?'

Chris grijnsde. 'Toen ik in het strandhuisje was, heb ik jullie computers doorgelust naar die van mij,' zei ze. Ze klonk buitengewoon tevreden met zichzelf. 'Ik kan overal bij.'

Vanaf het bed grijnsde Jack naar haar. Hij had het al verdacht gevonden dat Chris gewoon braaf met hen mee was gegaan. Hij had gedacht dat hij haar nooit bij die computers weg zou krijgen. Nu snapte hij waarom ze daar niet zo moeilijk over had gedaan.

'Heb je ingebroken in onze computer? Dat is gewoon strafbaar!' zei Ens geschokt.

'Dat moeten jullie nodig zeggen!' snauwde Chris. Ze klikte nog twee schermen open.

'Als jouw computer met die van ons in verbinding staat,' zei Nico, 'dan heeft Boris je zo door. Het is ons ook niet gelukt om hem voor de gek te houden. Je moet er in elk geval nog een extra circuit achter zetten.'

'Praat normaal!' riep Tessa geërgerd vanaf het bed.

Nico zweeg en werd knalrood. Hij durfde Tessa niet aan te kijken.

'Hij bedoelt dat ik moet inloggen via een andere computer,' zei Chris over haar schouder. Toen ze naar Tessa keek, zag ze een stukje van de enorme baljurk onder haar bed vandaan piepen. Ze werd meteen weer misselijk. 'Ik weet al via welke computer ik dat ga doen,' zei ze. Ze klikte een scherm tevoorschijn. Er verscheen een balkje waar je een naam en wachtwoord moest invullen.

'Aleida Appelboom,' typte ze in. 'Wachtwoord: macaroni.' De computer maakte een verbinding met die van mevrouw Appelboom.

'Ben je niet bang dat je moeder dat ziet?' vroeg Ens.

Chris lachte. 'Welnee, die gebruikt haar computer alleen maar om op te bridgen. Volgens mij weet ze nog niet eens hoe ze internet op moet.'

Ze typte een paar regeltjes code in. 'Zo, en nu gaan we op zoek naar Boris.'

'Hij heeft negen beveiligingscamera's,' zei Ens. 'Met supergroothoeklens, infrarood en zes verschillende soorten afluisterapparatuur. We moeten zijn zwakke plek vinden.'

Nico knikte. 'Dit is fase 1 van het plan,' zei hij ernstig. 'Net als in die ene scène met Luke Skywalker als hij C-3PO en R2-D2 naar Jabba stuurt.'

'*Return of the Jedi*,' zei Ens automatisch.

'Kop dicht!' riep Tessa vanaf het bed. Die twee jongens leken zelf wel op een computer! Ze zat te griezelen bij het idee dat ze beloofd had met Nico naar het schoolfeest te gaan.

Koesja maakte een 'o' van zijn bek, hief zijn kop en begon te janken naar de hemel.

Jack klopte hem op zijn kop. 'Ik weet hoe je je voelt,' zei hij.

Chris zat met rode wangen van inspanning achter haar computer. Ze wilde aan Nico en Ens laten zien dat ze minstens zo goed was als zij. Misschien nog wel beter. Maar ze werd er nogal zenuwachtig van dat de twee jongens de hele tijd op haar vingers zaten te kijken.

135

'Hé, wat is dat?' zei Ens ineens. Hij pakte iets van de grond op.

Chris keek verstoord opzij. Ze schrok. De Boba Fett was uit haar zak gevallen! Ze griste het poppetje uit Ens' hand.

'Dat is mijn Boba Fett,' zei ze.

'Dit is míjn Boba Fett,' zei Ens. 'Puntgaaf uit 1979. Daar zijn er nog maar een paar van. En toevallig ben ik de mijne gisteren kwijtgeraakt. Hier ermee!'

Hij probeerde het poppetje af te pakken van Chris. Chris weigerde los te laten, en er ontstond een worsteling.

'Voorzichtig!' riep Nico paniekerig. 'Straks gebeurt er iets met hem!'

De Boba Fett schoot weg, en Nico, Ens en Chris gilden van schrik. Het poppetje vloog met een boog door de lucht. Koesja hapte ernaar, maar Jack was sneller. Hij ving het poppetje op en keek streng naar Chris, Nico en Ens. 'Ik begrijp dat meneer Fett belangrijker is dan wat dan ook,' zei hij nors, 'maar we zitten hier met een losgeslagen robot die half Westwijk gesloopt heeft. Charlie en de gezusters Brontje liggen al in het ziekenhuis. En nu heeft hij jouw kleine zusje te pakken. Wat is belangrijker? Dát? Of die Bobo Fett?'

'Bobá,' zeiden Chris, Nico en Ens alle drie tegelijk. 'Bobá Fett.'

Jack rolde met zijn ogen en Tessa keek kwaad.

'Ik weet het goedgemaakt,' zei Jack. 'Ik stop meneer Fett voorlopig in mijn zak. En ik geef hem cadeau aan degene die als eerste de robot onschadelijk heeft gemaakt.'

Chris, Nico en Ens keken even beteuterd. Toen draaiden ze zich naar Chris' computer en gingen extra fanatiek aan de slag.

'Hoe kan ik contact maken?' vroeg Chris.

'Loper is gemerkt,' zei Nico. 'Afremmer functioneel. Start programma Omega.'

'Ik ga niet naar dat schoolfeest,' zei Tessa zachtjes tegen Jack. 'Al moet ik ervoor zorgen dat ik mijn been breek. Maar ik ga niet.'

Op het computerscherm gebeurde opeens iets.

'Ik kan erin!' riep Chris. 'Heeft hij het in de gaten als ik nu zijn systeem in ga?'

'Niet met het extra circuit denk ik,' zei Nico. 'Maar we moeten voorzichtig zijn. Eigenlijk is het beter om eerst te zorgen dat de gecrashte chip zichzelf vernietigt.'

'Maar dan gaan ook zijn alfafuncties eraan!' riep Ens.

Nico en Ens gingen een stukje verderop staan. Ze sloegen de armen om elkaar heen, deden hun voorhoofd tegen elkaar aan en overlegden fluisterend. Jack, Koesja en Tessa keken walgend toe. Even later gaven Nico en Ens elkaar een high five.

'Start Omega met een gecodeerde adressering,' zeiden ze tegen Chris.

Chris knikte. 'Briljant,' zei ze.

'Zou ze nou echt begrijpen wat zij allemaal zeggen?' vroeg Tessa zachtjes aan Jack.

'Blijkbaar wel,' zei hij ongelukkig. Hij sloeg een arm om Koesja heen.

Chris, Nico en Ens zaten al een uur achter de computer te werken toen er ineens een vreemd scherm opdook. Het bewoog, alsof ze naar een film zaten te kijken. Aan de zijkant verschenen allemaal groene cijfertjes. En in het midden zagen ze beelden van Westwijk. Een straat met winkels, bomen, duinen en uiteindelijk de zee. Onder de beelden klonk een merkwaardig gezoem. De cijfercodes aan de zijkant veranderden met elke beweging.

'Wat is dat?' vroeg Chris.

'Dat,' zei Nico trots, 'is Boris. We kijken nu door zijn ogen. Het werkt als een soort webcam. Wij kunnen nu alles zien wat hij ziet. Het is ons gelukt! We zitten midden in zijn systeem zonder dat hij in de gaten heeft dat wij het zijn!'

'Vogel, dat is zó cool!' zei Ens. Hij probeerde te high fiven met Nico. Nico deed zijn hand al omhoog. Maar toen hij zag dat Tessa naar hen keek, stopte hij zijn handen snel achter zijn rug.

Op het scherm startte een chatprogramma. De letters liepen dwars over de beelden heen.

'Hi Aleida,' zei Boris.

Zelfs Tessa en Jack kwamen kijken.

17

Boris

'Het is gewoon een soort msn,' zei Tessa. 'Ik snap echt niet dat jullie daar zo ingewikkeld over doen.'

Zodra Chris contact had weten te leggen met Boris, had Tessa Nico en Ens aan de kant geduwd om goed te kunnen zien wat zich op het scherm afspeelde. In het begin was Chris met Boris gaan chatten. Maar Tessa vond dat ze er niets van kon. Boris scheen echt te geloven dat hij aan het chatten was met een leuk meisje dat Aleida heette. En Chris schreef alleen maar harkerige dingen terug. Dus Tessa had haar al snel aan de kant geduwd en was een leuk gesprek begonnen met Boris. Ze vertelde dat ze dól was op Italiaans koken. En dat het misschien leuk was om een keer met zijn tweeën te gaan eten. Jack, Chris, Nico en Ens keken inmiddels naar de beelden. Ze probeerden te ontdekken waar Boris was.

'Het is te donker,' zei Chris. 'Hij is ergens naar binnen gegaan.'

'Zet de nachtkijker aan,' zei Ens. 'Misschien gaat het dan beter.'

Ze tuurden ingespannen naar het scherm. Ze zagen oude, vochtige muren en een lange trap.

'Dat kan overal zijn,' mopperde Jack. 'We moeten hem weer naar buiten lokken.'

Tessa en Boris hadden het intussen over muziek en over films. Al na tien minuten at Boris uit haar hand. Het ene na het andere compliment rolde over het scherm. En na een halfuur vroeg hij of ze elkaar konden ontmoeten. Toen wist Tessa ineens niet meer wat ze moest doen.

'O jee, wat nu?' zei ze.

Chris keek haar aan of ze gek geworden was. 'Dit was precies de bedoeling, sufferd! We moeten met hem afspreken, zodat we hem kunnen uitschakelen!'

'Zorg in elk geval dat hij naar buiten gaat,' zei Jack. 'Dan zien we tenminste waar hij nu is.'

Tessa begon weer te typen. 'Ik wil je heel graag ontmoeten,' schreef ze. 'Ik ben in de haven, waar ben jij?'

Even gebeurde er helemaal niets.

'Zijn we hem kwijt?' vroeg Chris angstig.

Maar toen verschenen er ineens weer letters op het scherm: *Ik weet je wel te vinden*, stond er.

Er liep plotseling een rilling over Tessa's rug. Waar waren ze aan begonnen?!

'Als ik niet beter zou weten, zou ik denken dat hij verliefd is op mijn moeder,' grinnikte Chris. 'Je zou bijna medelijden met hem krijgen.'

Iedereen moest lachen, behalve Tessa. Ze leek even diep in gedachten. 'Dat is het!' riep ze toen ineens. 'Nou snap ik het pas.' Tessa kwam overeind. Ze deed een stap in de richting van Nico en Ens en wees met een beschuldigende vinger naar hen. Ze zag er zo boos uit dat die snel een stapje achteruit deden. Koesja begreep net zomin als de anderen wat er aan de hand was. Maar hij begreep wel dat Tessa boos was, en dus ging hij naast haar staan. Hij zou haar verdedigen als dat nodig was!

'Jullie hebben dit gedaan,' zei Tessa tegen Nico en Ens. 'Dat is typisch iets voor jullie. Jullie hebben Boris zo geprogrammeerd dat hij een meisje wil.'

'Dat kan helemaal niet,' zei Chris.

'Wel met AI,' zei Tessa. 'Ze hebben menselijk weefsel meegebouwd om Boris zelfstandig te kunnen laten nadenken. Dus kan hij ook verliefd worden. Denk eens na: de aanval op Charlie kwam toen hij met mevrouw Ensink van de snuisterijenwinkel stond te praten. En toen probeerde hij de gezusters Brontje te pakken. En wat dacht je van het standbeeld van de zeemeermin in de haven?'

'En de vissersvloot dan?' vroeg Chris. 'Dacht hij soms dat de schepen ook meisjes waren?'

'Alle schepen hebben boegbeelden van vrouwen aan de voorkant,' zei Tessa.

Koesja, Tessa, Jack en Chris keken nu alle vier vragend naar Nico en Ens. Die begonnen zenuwachtig te lachen.

'Nou, ja, het zou misschien best wel kunnen dat...' begon Nico.

'Niet te geloven!' schreeuwde Tessa erdoorheen. 'Half Westwijk is afgebroken. Er zijn mensen in het ziekenhuis terechtgekomen. Mijn vader heeft ruzie met het hele dorp! Alleen maar door dat prutswerk van jullie!'

Op dat moment kraakte er iets op het computer-scherm. Iedereen draaide zich om. De beelden op het scherm waren veranderd. Boris was eindelijk naar buiten gegaan! Chris, die haar hele leven al in Westwijk woonde, herkende de plek waar hij was onmiddellijk.

'Hij loopt achter de bioscoop!' riep ze. 'Kom op!'

'Laten we eerst kijken waar hij naartoe gaat,' zei Tessa. 'Als we weggaan bij de computer zijn we hem meteen weer kwijt.'

'Hoe bestaat het dat niemand hem ziet?' vroeg Chris zich af. 'Hij loopt gewoon op straat, op klaar-lichte dag.'

Ens schraapte zijn keel. 'Ja, we hebben niet zo'n lullig robotje gemaakt als dat daar,' zei hij. Hij gebaarde naar Bob, die uitgedoofd met zijn gezicht tegen de muur stond. Bob was van metaal, had een vierkant hoofd, lichtjes als ogen en rupsbandjes als voeten. 'Boris is heel goed gelukt. Behalve dat zijn huid een beetje een rare kleur heeft, en hij ietsje groter is uitgevallen.'

'Groter dan maat 49?' vroeg Jack grimmig. Hij was de voetsporen die ze in Snackpoint Charlie hadden gevonden nog niet vergeten. Toen hij eraan dacht wat Boris met die arme Charlie had gedaan, werd hij meteen weer woedend. 'Ik kan niet geloven dat jullie zó stom hebben kunnen zijn!' snauwde Jack.

'Menselijk weefsel, tssss!'

'Kijk, hij loopt naar Snackpoint Charlie!' riep Chris opgewonden. Ze zat met haar neus op het computerscherm om maar niets te hoeven missen. Via haar computer konden ze door Boris' ogen kijken. Beelden van de straten van Westwijk kwamen voorbij. Aan de zijkanten verschenen de straatnamen en ingewikkelde rijen cijfertjes.

'Het lijkt wel een soort TomTom!' zei Tessa verrukt.

'Ja, zo werkt het dus helemaal niet,' zei Nico. Hij wilde net gaan uitleggen hoe het dan wél werkte, toen hij in de gaten kreeg dat Tessa helemaal niet naar hem luisterde als hij iets zei.

'Waar gaat hij toch naartoe?' zei Chris ongeduldig. 'Het lijkt wel of hij op weg is naar het bungalowpark. Maar daar is nu nog helemaal niemand!' De roodwitte slagboom van het bungalowpark kwam in zicht. Maar toen hij aankwam bij de ingang, sloeg Boris ineens links af. De groene cijfers aan de zijkant van het beeld veranderden weer.

Chris schudde haar hoofd. 'Wat is dat voor een winkel? Die stond er eerst nog niet.' De winkel werd groter toen Boris ernaartoe liep. Nu konden ze de letters op de etalageruit zien. LAURO'S TRATTORIA stond erop.

'Dus dáár zit die Italiaanse winkel!' riep Chris triomfantelijk. 'Ha ha, weet ik dat ook weer!' Toen ineens betrok haar gezicht. Ze keek over haar schouder naar

143

Jack en Tessa. 'Je denkt toch niet dat Boris Lauro te grazen wil nemen?'

Aan Jack te zien zat hij er niet zo mee als dat wel zo was. Maar Tessa sloeg geschrokken haar hand voor haar mond. Ze keken strak naar het scherm. Wat zou er verder gaan gebeuren? Vlak voor de Italiaanse winkel hield Boris halt. Hij verstopte zich achter de grote klimop die tegen de muur groeide. Daarna keek hij voorzichtig door de etalageruit. Door de geschilderde letters konden de Vier van Westwijk zien wat hij zag: mevrouw Appelboom stond voor de toonbank. Ze wees Lauro aan wat ze hebben wilde.

'Audiofuncties?' vroeg Chris ongeduldig aan Nico.

'Daar.' Hij wees naar het scherm. Ineens hadden ze geluid en konden ze ook hóren wat Boris hoorde. Mevrouw Appelboom lachte een aanstellerig kakellachje.

Lauro kromp even in elkaar. Daarna zette hij weer een vriendelijk gezicht op. 'Een onsje pancetta,' zei hij, en hij deed de plakjes spek in een papiertje dat hij daarna dichtvouwde. 'Anders nog iets?'

'Doe ook nog maar een stukje provolone,' zei mevrouw Appelboom. Ze sprak het uit als prrrovolóóóne, en stak daarbij haar hand omhoog met haar duim en vingers tegen elkaar. Waarschijnlijk dacht ze dat ze op die manier Italiaans sprak.

Lauro sneed de kaas af en legde die op de weegschaal. Mevrouw Appelboom loerde inmiddels als een arend door het glas van de toonbank. Daar stonden allemaal heerlijke gerechten uitgestald. Lauro had er kaartjes in gestoken waarop stond wat het was.

'Die ossobuco ziet er geweldig uit,' besliste mevrouw Appelboom. 'Dat eten we vanavond. Wat kan ik mijn man en dochter vertellen dat erin zit?'

'Nou eh... kalfsvlees dus,' begon Lauro verbluft. Hij telde op zijn vingers. 'En knoflook, selderij, tijm, laurier...'

Achter de computer rolde Chris met haar ogen naar Jack en Tessa. Tessa grijnsde, en keek wat er verder gebeurde.

In Lauro's Trattoria stak mevrouw Appelboom haar hand op. 'Hou maar op,' zei ze. 'Dat onthoud ik nooit. Wil je het even voor me opschrijven?'

Lauro bleef krampachtig glimlachen en pakte een papiertje. Terwijl hij begon te schrijven, keek mevrouw Appelboom door de etalageruit naar buiten. Blijkbaar deed Boris snel een stapje achteruit, want ineens konden Jack, Chris en Tessa mevrouw Appelboom niet meer zien. Het enige wat op het computerscherm te zien was, waren de kluwen takken van de klimop. Ze konden mevrouw Appelboom nog wel horen. 'En doe ook maar een beetje van die zabaione,' zei ze. 'Heb je dat ook zónder citroen?'

Boris was blijven wachten, zo bleek, want even later zagen de Vier van Westwijk mevrouw Appelboom Lauro's Trattoria uit lopen. Ze was beladen met tasjes en neuriede tevreden. Aan de andere kant van de etalageruit zag Chris dat Lauro een aspirientje in een glas water gooide. Ze grinnikte.

Ze draaide zich net naar Tessa toe om er iets over te zeggen, toen ze zag dat Tessa grote ogen opzette. Snel keek ze weer naar het scherm. Mevrouw Appelboom probeerde haar auto open te maken. Maar ze werd heel snel groter. Boris liep recht op haar af! Ze zagen eerst de hele mevrouw Appelboom, toen alleen haar hoofd, toen alleen haar ogen, en ineens verdween ze uit beeld. Ze hoorden haar gillen.

'O nee hè?' zei Nico zwakjes.

Chris begon onbedaarlijk te rillen. 'Hij heeft mijn moeder!' piepte ze. Ze greep zich vast aan Jack. 'Die halvegare robot heeft mijn moeder ontvoerd!'

In de oude vuurtoren

Chris was opgesprongen en ijsbeerde door de kamer. 'Wat moeten we dóén?' zei ze alsmaar. 'Wat moeten we nou toch dóén?!' Koesja liep met haar mee. Hij hield zijn kop omhoog en keek zijn bazinnetje bezorgd aan. Jack en Tessa konden niet anders dan naar het computerscherm staren.

'Jullie moeten hem uitzetten!' zei Chris plotseling. Ze stond eindelijk stil en keek woedend naar Nico en Ens. 'Jullie hebben er toch wel een stroomonderbreker in gezet? We moeten hem gewoon uitzetten!'

'Tjee, dat we daar niet eerder aan gedacht hebben, zeg!' zei Nico spottend. 'We hadden hem gewoon uit moeten zetten toen hij lossloeg. Probleem opgelost!'

'Dus jullie kúnnen hem niet eens uitzetten?' vroeg Chris nijdig.

'Op een gegeven moment is zijn batterij wel op, denk ik,' zei Ens aarzelend. 'Maar omdat hij gedeeltelijk van menselijk weefsel is gemaakt, weet ik niet wanneer.'

'Ik heb ook helemaal niks aan jullie!' schreeuwde Chris. 'Ga alsjeblieft weg!'

'Chris, moet je kijken!' riep Jack. Hij en Tessa zaten achter Chris' computer en hielden de beelden in de gaten. 'Volgens mij gaat hij naar de vuurtoren!'

Chris liep naar haar bureau en ging tussen Tessa en Jack in staan. Door de camera in Boris' ogen konden ze precies zien waar hij liep.

Mevrouw Appelboom zagen ze niet, maar ze hoorden haar wel.

'Zet u mij onmiddellijk neer!' mopperde ze. 'Wat denkt u wel niet? Weet u wel wie ik ben?'

Boris zei niks terug, maar liep met grote stappen verder. Hij was het Vuurtorenplein op gelopen. De hoge, witte toren werd snel groter.

'Hij gaat achterom,' zei Chris. 'Maar de deur is aan de andere kant, dus ik denk niet dat hij...' Ze hield midden in haar zin op toen ze zag hoe Boris gewoon tegen de muur op liep.

'Net als toen in de Hoofdstraat,' zei Jack ademloos. 'Weet je nog? Dat alles op de eerste verdieping ook gesloopt was?'

Hoog in de vuurtoren zat een groot raam. Daardoor verdween Boris naar binnen.

'We weten waar hij zit!' riep Chris. 'Kom op, we gaan!' Nico en Ens stonden ook op.

'Jullie niet,' zei Chris. 'Ik wil jullie echt nooit meer zien. Ga naar het strandhuisje en maak die computers onschadelijk. Misschien helpt het.'

'Nou, dat kan dus eigenlijk niet,' begon Ens, 'omdat de gammacircuits...'

'Kop dicht,' zei Chris. Ze rukte de deur van haar kamer open en liep de gang op. Koesja sprong luid blaffend achter haar aan. Hij was blij dat ze eindelijk naar buiten gingen. Dan kon hij tenminste ook mee-helpen. Ook Jack en Tessa liepen achter Chris aan.

'Christina Appelboom!' klonk een diepe stem. 'Hoe durf je zo'n herrie te maken als ik net mijn krant aan het lezen ben?'

Chris stak haar hoofd om de hoek van de woonka-merdeur. 'Sorry, papa.'

In de kamer zat haar vader in een statige leren fauteuil bij het raam zijn krant te lezen. Chris zag dat Ciska Beerenpoot het artikel op de voorpagina gemaakt had. In koeienletters stond er: OPNIEUW DRAAIT DE POLITIEK HAAR BURGERS EEN LOER.

Chris stond onhandig te draaien voor haar vaders stoel. 'Ehm,' begon ze, 'mama heeft me gevraagd om tegen jou te zeggen dat ze op bezoek is bij Nico's moeder. En dat het weleens laat kan worden. Dus je hoeft je niet bezorgd te maken als ze voorlopig niet thuiskomt.'

'O, is je moeder er niet?' bromde meneer Appel-boom vanachter zijn krant. 'Dat was me nog niet opgevallen.'

Chris bleef nog even drentelen. Maar haar vader was alweer in zijn krant verdiept. 'Nou, dan ga ik maar,' zei Chris.

'Beuh,' zei haar vader. 'Humpf.' Hij ritselde met de krant toen hij de pagina omsloeg. Chris haalde haar schouders op en liep de kamer uit.

Nog geen tien minuten later stonden de Vier van Westwijk op het Vuurtorenplein. De oude toren stak strak af tegen de blauwe lucht erachter. Chris, Jack en Tessa gooiden hun fiets tegen een hek en keken omhoog. Hoe moesten ze in 's hemelsnaam binnenkomen? Zij konden niet net als Boris tegen muren op lopen. En de grote poort was nog gesloten. Die zou pas weer opengaan als het toeristenseizoen aanbrak. Chris stak eigenwijs haar kin naar voren. 'Het kan me niet schelen als ik die poort moet inbeuken,' zei ze. 'Die mafkees houdt mijn moeder vast. En ik zal haar bevrijden.'

'Waf!' riep Koesja. Ze kon op hem rekenen!

Tessa en Jack wisselden een blik. Chris deed altijd alsof ze niet van haar moeder hield. Maar nu mevrouw Appelboom in de problemen zat, was Chris mooi wel de enige die zich daar iets van aantrok! De Vier van Westwijk liepen om de vuurtoren heen. Ze hoopten dat ze ergens een plek zouden vinden waar ze stiekem naar binnen konden glippen. Maar de toren had maar één ingang. Toen ze voor de grote poort stonden, keken ze omhoog. Er liepen een paar mensen langs met boodschappentassen. De kinderen groetten hen beleefd, en niemand scheen het gek te vinden dat ze daar stonden.

'Het is onmogelijk om hier in te breken zonder dat iemand ons ziet,' zei Tessa.

Koesja blafte. Niemand lette op hem. Hij duwde zijn neus in Chris' hand, maar Chris zo diep in gedachten dat ze niet doorhad wat hij bedoelde. Toen sprong Koesja met zijn voorpoten tegen de deur en krabbelde aan de grendel.

'Wat is er, Koes?' zei Tessa en ze liep naar de hond.

'Waf!' blafte Koesja. 'Waf waf!'

'Die deur zit op slot, Koes.' Tessa morrelde aan de grendel om de grote hond te laten zien dat ze er hier niet in konden. Maar tot haar grote verbazing gaf de grendel gewoon mee! Piepend schoof hij weg uit het slot.

'Nou ja!' riep Tessa. 'Kijk nou!' Ze duwde de hoge poort een stukje open.

'Oh-oh. Toeristenalarm!' zei Chris narrig. Als de vuurtoren open was, betekende dat dat morgen al de treinen propvol met badgasten zouden arriveren. Ze móésten nu de robot uitschakelen, of burgemeester Loman was de pineut.

Snel, zodat niemand hen zou zien, glipten de drie kinderen en de hond naar binnen. Ze trokken de poort weer achter zich dicht en keken om zich heen. Het was schemerig binnen. De toren was al heel oud en er zaten alleen bovenin een paar raampjes in. De muren waren vochtig en dik. In het midden stond een oude wenteltrap, die helemaal tot boven in de lichtkamer liep.

'Naar boven!' zei Chris. 'We hebben hem daar naar binnen zien gaan.'

Voorzichtig, zonder geluid te maken, liepen Jack,

Tessa, Chris en Koesja de wenteltrap op. De trap maakte een bocht na elke tien treden. Hij was zo ontzettend lang dat er geen einde aan leek te komen. Na een paar minuten waren ze al duizelig van het rondjes draaien.

'Het is verdacht stil hier,' mompelde Tessa zachtjes.

'Sssst!' sisten Chris en Jack meteen.

'Nou ja,' fluisterde Tessa. 'We hebben het wel over jouw moeder. Die houdt nooit langer dan drie tellen achter elkaar haar mond.'

Chris stond meteen stil. 'Ze zal toch niet...? Hij zal haar toch niet...?' Ineens was ze ontzettend bang. Ja, haar moeder was een rare snijboon, maar ze zou haar toch niet willen missen! Snel liep ze door over de eindeloze traptreden. Hijgend kwamen ze aan op een soort overloopje. Ze stonden opnieuw voor een deur.

'Daarachter is de lichtkamer,' wist Chris. 'Daar werd vroeger het vuur aangestoken om de schepen de goede weg te wijzen.'

'Als Boris je moeder daar gevangenhoudt, kunnen we niet zomaar naar binnen gaan,' fluisterde Jack. 'Dan verraden we onszelf meteen.' Hij liep op zijn tenen naar de deur, legde zijn oor ertegenaan en luisterde. Chris en Tessa keken hem gespannen aan. Koesja ging zitten en zuchtte diep. Jack schudde zijn hoofd. Hij hoorde niets.

'Doe open!' zei Chris.

Jack en Tessa keken haar geschrokken aan. Echt niet! Straks liepen ze regelrecht in de armen van Boris!

Chris snoof, en duwde tegen de deur aan. Koesja sprong meteen voor haar voeten. In de lichtkamer was niemand te vinden. Het was een ronde kamer. In het midden stond een enorme lamp in een soort stellage. Rondom waren allemaal ramen. Van hieruit had je een spectaculair uitzicht over zee. Maar de kinderen hadden daar geen oog voor.

'We hebben hem bovenin naar binnen zien gaan,' hield Chris vol. 'Ze moeten hier ergens zijn!' Koesja stak zijn neus in de lucht en snuffelde. Toen sloeg hij met zijn staart op de grond. Hij keek Chris aan, blafte tegen haar en liep toen de kamer uit.

'Volgens mij bedoelt hij dat we hem moeten volgen,' zei Jack.

Jack, Chris en Tessa liepen achter Koesja aan. Koesja liep naar beneden over de wenteltrap. Hij ging zo hard dat ze hem bijna niet konden bijhouden. Toen ze helemaal beneden waren aangekomen, duwde Koesja zijn neus tegen de grond en hij liep een paar rondjes om het geurspoor te vinden. Toen hij het te pakken had, liep hij in één rechte lijn naar de noordkant van de muur. Daar bleef hij staan kwispelen, zonder een geluid te maken.

'Daar is niks, Koes,' zei Chris. 'Alleen een muur van een meter dik! Daar kunnen we niet doorheen.'

Maar Koesja hield vol. Hij keek haar dwingend

153

aan met zijn trouwe, bruine ogen, en hij kwispelde
zo hard dat zijn hele achterkant meeschudde. Chris
liep naar hem toe. Ze voelde aan de muur, maar kon
niets raars ontdekken.

'Misschien zit daar wel iets, een geheime gang of zo,' zei Tessa met glanzende ogen. 'Net als toen we die kinderen uit De Doornroos hebben bevrijd!'

Ze voelden alle drie aan de dikke stenen waaruit de muur was gebouwd. Maar ze vonden niets. Geen hendeltje of knopje waarmee ze de dikke muur zouden kunnen openen. Koesja schraapte met zijn poot over de vloer. Hij duwde met zijn neus in Chris' knieholte. En toen zag zij het ook! In de vloer zat een vreemde tegel, die er veel ouder uitzag dan de andere. Aan die tegel zat een grote ring.

'Help eens,' zei ze tegen Jack en Tessa. Met zijn drieën sleurden ze aan de ring, maar er was geen beweging in te krijgen. Jack keek om zich heen. Achter de wenteltrap zag hij een grote stok staan. Het was een soort bezemsteel, maar dan dikker. Hij stak de stok tussen de ring en begon te duwen. Door de hefboomwerking kwam de oude tegel langzaam in beweging. Ze schoven hem hijgend aan de kant. Toen hielden ze hun adem in. Onder de tegel liep een stenen trap naar beneden, de kerkers in!

19

De wereld volgens mevrouw Appelboom

Jack, Tessa, Chris en Koesja staarden naar het gat.

'Dus dáár heeft hij zich al die tijd verborgen gehouden!' zei Chris met glanzende ogen.

'Gaan we naar beneden?' vroeg Tessa rillend. 'Straks lopen we in de val!'

'Natúúrlijk gaan we naar beneden! Hij houdt mijn moeder daar gevangen!' Nog voordat Jack en Tessa bezwaar konden maken, liet Chris zich in het gat glijden. Koesja sloop meteen achter haar aan.

Jack en Tessa keken eerst naar elkaar, haalden toen hun schouders op en volgden hen. De treden van de stenen trap waren uitgesleten door de vele voeten die er door de eeuwen heen overheen gelopen hadden. De Vier van Westwijk daalden steeds dieper af. Totdat ze ineens zanderige bodem onder hun voeten voelden. Ze waren in de kerkers aangekomen! Behoedzaam keken ze om de hoek. Er liep een ruime gang, en aan het eind daarvan zagen ze licht branden. Ze bleven staan om te overleggen wat ze zouden doen.

Toen hoorden ze ineens de stem van mevrouw Appelboom. 'Ik weet niet wat jij van plan bent, jongeman, maar dat is natuurlijk allemaal malligheid!' zei ze.

'Krrrgwssjt,' zei Boris. 'Stil-te!'

'Ik moet hoognodig naar huis,' ging mevrouw Appelboom door. 'We eten vanavond ossobuco. Mijn man zal niet weten waar ik blijf. En trouwens, het is hier ook niet bepaald hygiënisch. Werkelijk, waar zijn je manieren! Bovendien geeft het geen pas om iemand zomaar mee te sleuren. Had ik al verteld dat de zoon van de burgemeester mijn dochter heeft gevraagd om met hem mee te gaan naar het school-feest? Ik twijfel nog steeds tussen de roze jurk, of die zilveren met ruches.'

Vanuit hun schuilplaats zagen de kinderen ineens een regen van vonken.

Chris begon te trillen van opluchting. Haar moeder leefde nog! En blijkbaar maakte ze Boris het leven net zo zuur als ze bij anderen deed.

Heel voorzichtig, om geen geluid te maken, slopen Chris, Koesja, Jack en Tessa naar de ruimte toe waar Boris Chris' moeder gevangenhield. Ze persten zich met hun rug tegen de stenen muren. Zo zouden ze weg kunnen duiken in de schaduwen als Boris zich liet zien. Toen ze aan het einde van de gang kwamen, staken ze voorzichtig hun hoofd om de hoek. Boris stond midden in een kleine grot. Aan de zijkant, tegen de stenen muur, zat mevrouw Appelboom. Boris had haar polsen en enkels bij elkaar gebonden met een touw, zodat ze niet weg kon lopen. Om haar heen lagen de tasjes van Lauro's Trattoria verspreid.

Toen de Vier van Westwijk zagen wie er naast haar

zat, moesten ze hun best doen om niet te schreeuwen van schrik. Het was Nico's kleine zusje Linda! Haar ogen waren opgezwollen van het huilen en haar tranen hadden strepen achtergelaten op haar vieze wangen.

'Je-Hoeft-Niet-Terug-Naar-Je-Man,' zei Boris met blikkerige stem tegen mevrouw Appelboom. 'Wij-Zijn-Nu-Een-Gezin. Man. Vrouw. Kind. Zo-Hoort-Het.'

'Je bent vast een heel leuke kerel,' zei mevrouw Appelboom bazig, 'maar daar komt helaas niets van in. Geen hand vol, maar een land vol. En Nico's moeder zal ook niet weten waar Linda blijft. Moederinstinct. Heel diep allemaal. Nou, maak je me nog los of hoe zit dat? Rare man!'

Opnieuw maakten Boris' circuits kortsluiting. Dat kon je wel aan mevrouw Appelboom overlaten. Zelfs bij gewone mensen zorgde ze er regelmatig voor dat alle stoppen doorsloegen. Een robot was en bleef een computer. Maar dan op pootjes. En computers hielden ervan als dingen logisch waren. Moest je net Chris' moeder hebben!

'Je-Hebt-Niets-Te-Willen,' zei Boris. Zijn arm hing er na de laatste vonkenregen slap bij. 'Je-Bent-In-Mijn-Macht. Boris-Wil-Niet-Meer-Alleen-Zijn. Niet-Meer-Alleen.'

'Vervelend,' zei mevrouw Appelboom opgewekt. 'Maar ik heb nog honderd dingen te doen, dus ik moet nu echt weg. Ik moet Christina's jurk nog ophalen van de stomerij. Voor het feest.' Ze boog zich samenzweerderig over naar Boris. 'Als Christina met Jack naar het schoolfeest gaat, zul je zien dat de Appelboompjes dikke vrienden worden met de burgemeester en zijn vrouw. Dat zijn heel belangrijke mensen,' fluisterde ze eerbiedig.

Boris maakte een gruwelijk geluid. Er tikte iets in zijn hoofd en zijn oog zwol op. Toen schoot het ineens los! Het oog rolde over de grond en bleef liggen voor de voeten van Linda, die opnieuw begon te huilen.

Mevrouw Appelboom klopte haar maar eens op de knie. Ze keek het meisje verder niet aan. 'Kom, kom,' mompelde ze. 'Beheers je een beetje. Er is geen reden voor toestanden!'

Boris siste nog een beetje na. Er hingen drie kabeltjes uit het gat waar zijn oog gezeten had.

'Jesses,' zei mevrouw Appelboom afkeurend. 'Dat is onsmakelijk! Wat een verschrikking. Dat je een robot bent, is geen reden om je manieren te vergeten. Alles in het nette, zeg ik altijd maar.'

Boris begon weer te schokken. 'Stil-te,' kraakte hij. 'Stil-te-Stil-te-Stil-te-Stil-te!'

Blijkbaar bleef ook zijn stemchip hangen, want hij bleef hetzelfde woord herhalen, als een dolgedraaide papegaai.

Chris maakte een geluid. Ze wist dat ze stil moest zijn, maar ze hield het bijna niet meer van het lachen. Ze waren zo bezorgd geweest! Ze dachten dat ze mevrouw Appelboom moesten komen redden.

Voorlopig leek het erop dat haar moeder Boris zelf heel goed aankon. Wat er nog over was van de loeisterke robot werd door haar onlogische gebabbel uitgeschakeld.

'Stil toch!' siste Tessa tegen Chris. Maar het was te laat. Boris had hen gehoord! Hij draaide zich schokkerig om. Even stond hij oog in oog met de kinderen. Voor het eerst konden ze hem helemaal zien. Nico en Ens hadden een kunstwerk afgeleverd! Boris leek echt op een mens. En hij leek ook alles te kunnen wat een mens kan. Alleen was zijn huid een beetje raar van kleur. En er liepen littekens over zijn gezicht waar Nico en Ens de lappen huid aan elkaar hadden genaaid.

Boris leek niet erg blij om Chris, Koesja, Jack en Tessa te zien. 'Krrrgwssjt,' zei hij. 'In-drin-gers. Alarm. In-drin-gers. Dood. Dood. Dood.'

Koesja zette zijn nekharen overeind en vloog Boris aan. Boris sloeg de grote hond met gemak van zich af. Koesja zeilde door de lucht, smakte tegen de rotswand en bleef voor dood op de grond liggen.

'Koes!' schreeuwde Chris, terwijl de tranen in haar ogen sprongen.

'Christina?' zei haar moeder verbaasd.

Boris smakte Chris zonder pardon tegen de grond.

Even later zaten Chris, Jack en Tessa vastgebonden naast mevrouw Appelboom en Linda op de grond. Koesja lag versuft tegen een van de muren aan. Hij had een grote wond op zijn kop, maar hij leefde nog!

'Dag, kinderen,' zei mevrouw Appelboom. 'Wat toevallig dat jullie hier ook zijn. Het komt allemaal erg slecht uit. Ik moet de ossobuco in de oven stoppen. Wat zal je vader wel niet denken?'

Mevrouw Appelboom probeerde de tasjes van Lauro's Trattoria weg te moffelen, maar omdat haar handen vastgebonden waren, viel dat nog niet mee. Chris wilde net tegen haar moeder zeggen dat ze moest ophouden met dat gebabbel, omdat ze er de zenuwen van kreeg. Maar toen spoot er opnieuw een vonkenregen uit Boris. Chris grijnsde. Ineens snapte ze dat haar moeder juist moest blijven praten. Met elk woord dat ze zei, ging Boris verder achteruit. Dat was hun enige kans om aan de robot te ontsnappen.

'Vertel nog eens van dat schoolfeest, mam,' fleemde Chris. 'Wat vind jij? Moet ik die roze jurk met die roosjes nemen, of die witte met die kanten kraag?'

Mevrouw Appelboom begon te glunderen. Eindelijk kon ze met haar dochter over kleren en make-up praten! Ze begon meteen een enorm langdradig verhaal over jurkjes met strikken.

Chris gaf intussen Jack een teken. 'Je zakmes,' siste ze tussen haar tanden door. 'Waar?'

Jack knikte en draaide zijn kontzak naar haar toe. Terwijl mevrouw Appelboom de voordelen uitlegde van de juiste jurk, pakte Chris met bijeen gebonden handen het zakmes uit Jacks spijkerbroek. Achter haar rug klikte ze het open en begon stiekem de touwen om Jacks pols los te snijden.

'... dus je moet er minstens vier kilo voor afvallen,' eindigde mevrouw Appelboom haar verhaal, 'maar dan denk ik toch dat we die zilveren jurk met paarse stroken moeten kopen.'

Boris' hoofd bewoog spastisch van links naar rechts op zijn schouders. Het leek wel of hij naar een tenniswedstrijd keek. Uit zijn nek vlogen vonken en zijn oor begon een beetje te roken. Intussen had Chris de touwen om Jacks polsen bijna door.

'Weet je wat ook leuk is,' zei ze tegen haar moeder, 'om iets met bloemen te doen.'

'Dolletjes!' riep mevrouw Appelboom verrukt. 'Misschien kunnen we een krans van rozen door je haar vlechten!'

Chris had best zin om te kotsen, maar zei dat niet. Nog twee halen, nog één... en toen had ze de touwen door! Jack knikte bijna ongemerkt naar haar. Hij hield zijn handen achter zijn rug alsof hij nog steeds vastzat. Maar intussen pakte hij het mes over van Chris en begon haar touwen door te snijden.

'En we hebben het ook nog niet over schoenen en tassen gehad!' zei Chris tegen haar moeder. Vanuit haar ooghoeken hield ze Boris in de gaten. Zijn linkeroor stond inmiddels in brand en hij maakte verschrikkelijke geluiden.

'Krrrrrswt!' kreunde hij. 'Grrrrieuw!'

'Zeg, we proberen te praten,' zei mevrouw Appelboom bazig tegen hem. 'Kun je misschien ophouden met die herrie?' Ze rolde met haar ogen naar Chris. 'Ja, het moet toch niet veel gekker worden!'

Boris' rechterknie begon rondjes te draaien. Hij kon er niet meer mee ophouden. Het maakte een zoemend geluid, met rare tikken erdoorheen.

Ook Chris' touwen waren nu doorgesneden. Jack begon aan die van Tessa en Linda, en Chris knoopte met haar vingers de touwen van haar moeder los.

'Christina! Wat doe je nu?!' vroeg haar moeder op hoge toon. Chris sprong op en trok haar moeder overeind. Ze draaide zich naar Jack, die knikte. Ook hij had bij iedereen de touwen los.

'Rennen!' riep Chris.

Voordat Boris in de gaten had wat er gebeurde, renden ze allemaal de grot uit.

'Mijn tasjes!' riep mevrouw Appelboom nog. Maar niemand lette op haar.

Chris trok Koesja aan zijn halsband omhoog. De versufte hond hobbelde zo goed en zo kwaad als dat ging met haar mee.

Boris schreeuwde. De gehavende robot zette de achtervolging in. Met een kapotte rechterknie, een brandend oor, een tollend hoofd en een slappe linkerarm rende hij achter hen aan.

Chris stond bij de trap naar boven en duwde Koesja, Linda en mevrouw Appelboom omhoog. Jack en Tessa volgden. Toen Chris achter hen aan wilde, voelde ze hoe een gigantische klauw om haar enkels sloot. Ze keek achterom. Boris had hen ingehaald. En nu had hij haar been vast!

20

Game over

'Kggggwwsss,' kraakte Boris. 'A-lei-da. Mijn-Bruid. Mijn-Brrrrrrr...' De robot schokte nog drie keer. Toen verslapte zijn greep. Chris trok snel haar been terug. Ze wilde wegrennen, maar zag toen dat Boris in elkaar zakte. De brand in zijn oor schroeide ook de huid weg en zijn binnenkant kwam tevoorschijn. Metaal, draden en de bekende schroefjes lieten los. Boris viel in stukken uiteen. Toen legde hij zijn hoofd op de onderste traptrede. 'Krrrrr,' zei hij nog een keer. En toen deed hij zijn ogen dicht.

'Sorry, Boris,' zei Chris. 'Maar je bent beter af zo. Als je getrouwd zou zijn met mijn moeder, had je dit elke dag! Ik weet waar ik het over heb.' Ze grijnsde, en liep toen snel achter de anderen aan de trap op.

Buiten op het Vuurtorenplein stonden Jack, Tessa, Koesja, mevrouw Appelboom en Linda op haar te wachten. Chris ademde de frisse zeelucht in. Ze was zo blij dat ze weer bovengronds stond! Tessa had Linda aan de hand en troostte het meisje. Mevrouw Appelboom stond ongeduldig op haar horloge te kijken. Koesja waggelde nog half versuft naar Chris toe en likte naar hand. Chris ging op haar hurken

165

zitten en onderzocht de wond op zijn kop. Gelukkig was die niet ernstig. Ze omhelsde haar hond.

'Hé! Wat doen jullie daar nou?' klonk ineens een vrolijke stem.

Iedereen keek op. De Vier van Westwijk begonnen te lachen toen ze Charlie zagen. Het verband was van zijn hoofd en hij had zijn eeuwige honkbalpet weer op. Hij had een plunjezak over zijn schouder en zwaaide naar hen.

Chris rende op hem af en omhelsde hem. 'Charlie! Je bent weer helemaal beter!'

Charlie grijnsde. 'Toen jullie me niks te eten kwamen brengen, heb ik extra mijn best gedaan om snel beter te worden,' bromde hij. Hij zette zijn plunjezak op de grond. Daarna haalde hij een enorme geruite zakdoek uit zijn zak, zette zijn honkbalpet af en wreef met de zakdoek over zijn kale hoofd. Nog voordat hij zijn pet kon terugzetten, klonk er ineens een snerpende stem.

'Hallo! Deze keer zullen jullie me niet ontsnappen! Ciska Beerenpoot voor de *Westwijker Courant*. Wat hebben jullie ontdekt over de laffe aanvallen in Westwijk?'

Ciska Beerenpoot kwam op hen af lopen. Ze droeg een lila flappergewaad met kralen, en in haar oranje haren zat een kransje van madeliefjes. Ze stond met haar pen boven haar blocnote en keek de Vier van Westwijk afwachtend aan.

'Je had al die tijd gelijk,' grinnikte Jack. 'Het was een monster.'

'Dus de burgemeester is wel degelijk in gebreke gebleven?' zei Ciska. Ze wachtte het antwoord niet af, maar schreef het alvast op in haar blocnote.

Mevrouw Appelboom maakte zich los van de groep. Ze liep recht op Ciska Beerenpoot af. 'Nou moet jij eens even goed naar mij luisteren,' zei ze streng. 'Het is nu afgelopen met die malligheid. Wist u al dat mijn dochter Christina met de zoon van de burgemeester naar het schoolfeest gaat?'

Ciska Beerenpoot deed verbluft een stap achteruit.

'Nou, dat is dus zo,' ging mevrouw Appelboom door. Ze prikte met een witte vinger in Ciska's borstkas. 'Dus schrijft u naar maar gewoon op dat Westwijk weer veilig is. Met dank aan de burgemeester.' Ze draaide zich om en keek vriendelijk naar Jack en Tessa. 'En met dank aan zijn kinderen.' Haar eigen dochter en Koesja sloeg ze voor het gemak maar even over.

Chris keek kwaad de andere kant op. Heel even had ze gedacht dat haar moeder veranderd was.

'En nu,' ging mevrouw Appelboom door, 'is het de hoogste tijd dat we aan tafel gaan. 'Ik ga ossobuco maken voor mijn gezin.' Ze draaide zich om en liep weg, nagestaard door een verblufte Ciska Beerenpoot.

'Gaan jullie mee?' vroeg Charlie. 'Snackpoint Charlie is weer helemaal opgebouwd toen ik in het ziekenhuis lag. En ik ga de allergrootste ijsjes voor jullie maken die je ooit gezien hebt!'

'We komen zo,' zei Tessa. 'We moeten eerst nog iets doen.'

Jack en Chris keken haar vragend aan. Tessa wenkte hen en liep naar de vuurtoren.

'Alwéér die vuurtoren?' kreunde Chris.

Boris lag er nog bij zoals Chris hem had achtergelaten. Chris, Koesja, Jack en Tessa stonden in een kringetje om hem heen. Boris lag met zijn hoofd op de onderste traptrede, met zijn ogen dicht.

'Er is niet veel meer van over, hè?' zei Chris. 'Wat zullen we met hem doen?'

'We kunnen hem hier niet laten liggen,' zei Tessa beslist.

'Waarom niet?' vroeg Jack. 'Ze komen er toch wel achter wat er gebeurd is.'

'Ja, en wij moeten er dus voor zorgen dat dat niet gebeurt,' zei Tessa. 'Als ze er in Westwijk achter komen dat Nico en Ens ervoor hebben gezorgd dat de toeristen bijna wegbleven, hebben ze geen leven meer. En ze werden toch al zo gepest.'

Chris en Jack keken haar stomverbaasd aan. Dit was de eerste keer dat ze Tessa zoiets hoorden zeggen.

Tessa leek zeer tevreden met zichzelf. 'Ja, het ís toch zeker zo?'

Chris haalde haar schouders op. Tessa had gelijk. 'We kunnen hem terugstoppen in de kerkers. Daar komt toch nooit iemand.'

'Nou, ik heb een ideetje dat me wel leuk lijkt voor de toeristen,' zei Tessa. 'Het probleem is alleen dat we hem daarvoor helemaal naar boven moeten zien te krijgen.'

Chris en Jack keken naar de lange, lange wenteltrap. En toen naar Boris. En toen naar elkaar.

Een uurtje later stonden Jack, Chris en Tessa hijgend boven in de lichtkamer. Met zijn drieën hadden ze Boris de trap op weten te sleuren. Dus nu kónden ze niet meer. Maar ze waren erg tevreden over het resultaat: ze hadden Boris in een stoel naast het grote lichtbaken gezet. Aan zijn voeten stond een bordje. Daarop stond: DE LAATSTE VUURTOREN-WACHTER IS IN HET HARNAS GESTORVEN. Dus als je ooit in Westwijk aan Zee op vakantie gaat, dan weet je waar dát vandaan komt!

Eindelijk zaten Chris, Koesja, Jack en Tessa lekker op het verwarmde terras van Snackpoint Charlie. Charlie had ijsjes voor hen gemaakt met wel tien bolletjes! Daarbovenop had hij een toren slagroom gespoten.

De Vier van Westwijk keken uit over de boulevard.

'Morgen komen de toeristen,' zei Tessa dromerig. 'En die blijven de hele zomer lang.'

'Gezéllig,' zei Chris narrig, terwijl ze een enorme hap chocolade-ijs in haar mond stak.

'We hoeven in elk geval niet meer bang te zijn voor aanvallen,' zei Jack.

'Met dank aan mijn moeder,' zei Chris. 'Het is toch niet te geloven dat ze een hele robot kan slopen? Alleen maar door hoe ze is? En door de idiote dingen die ze zegt?'

'Nou, dat is ook niet helemaal waar,' klonk er ineens een stem.

De Vier van Westwijk keken op. Nico en Ens waren op het terras verschenen.

'O, zijn jullie er ook weer?' zei Tessa met een grafstem. 'Wat léú-éú-éúk!'

Nico en Ens schoven aan.

'Grrr,' zei Koesja. Chris gaf hem meteen een likje slagroom.

'Je moeder heeft wel goed geholpen,' zei Ens. Hij stak een lepeltje in het ijsje van Tessa en nam een hap.

Tessa schoof de ijsbeker van zich af. 'Hou maar,' zei ze griezelend. Ens begon met smaak te eten.

Intussen vertelde Nico wat er gebeurd was. 'Toen we teruggingen naar het strandhuisje, konden we alles volgen op de computer,' zei Nico. 'In elk geval tot een van Boris' ogen eruit sprong. Daarna hadden we natuurlijk nog maar één webcam.'

'Ter zake!' snauwde Chris ongeduldig.

Nico vertelde snel verder. 'We wisten niet wat we moesten doen, omdat Boris het meteen zou merken als we zijn systeem zouden hacken. Maar gelukkig hield je moeder geen twee tellen haar mond.' Nico keek naar Chris. 'Mijn moeder zegt dat ze dat ook doet tijdens het bridgen.'

Charlie zette een nieuw ijsje neer voor Tessa. Hij gaf Koesja het wafeltje. 'Nou we het daar toch over hebben,' zei hij, 'ik heb Ella net gesproken. De gezusters Brontje zijn ook weer helemaal opgeknapt. Morgen mogen ze het ziekenhuis uit!'

Hij slofte terug naar de toonbank, en Nico ging door met zijn verhaal. 'Omdat Boris al zijn circuits nodig had om je moeder te kunnen volgen,' zei Nico, 'had hij niet in de gaten dat Ens en ik stiekem inlogden op zijn harde schijf. Zo konden we één voor één zijn functies uitschakelen.'

'Dus dat brandende oor en dat draaiende hoofd kwamen helemaal niet door mijn moeder?' vroeg Chris teleurgesteld.

'Sorry,' grinnikte Nico. Hij stond op en zwaaide onhandig naar Tessa.

'Ik zie je vanavond,' zei hij.

172

Tessa trok haar wenkbrauwen op. 'Dacht het niet,' zei ze snibbig.

'We gaan toch samen naar het schoolfeest?'

Tessa en Chris sprongen als door een wesp gestoken op. 'Is dat vanavond?!' riepen ze allebei in paniek
uit. Chris keek geschrokken naar Jack.

Die zat achterover in zijn stoel en moest vreselijk
lachen. 'Ik heb met je moeder afgesproken dat ik je
om zeven uur ophaal,' zei hij.

Chris keek diepongelukkig. Jack haalde iets uit
zijn zak en verstopte het achter zijn rug. 'Hoewel je
moeder het per se wilde, heb ik geen corsage voor je
gekocht,' zei hij. 'Maar ik heb wel iets anders voor je.'
Hij haalde zijn hand achter zijn rug vandaan en deed
zijn hand open. In zijn hand lag de Boba Fett.

'Je hebt hem eerlijk verdiend,' zei Jack grijnzend.

Chris dook eropaf. En ineens kon ze weer lachen.

einde

De 12-jarige Christina Appelboom – ze noemt zichzelf
Chris – woont in het kustplaatsje Westwijk. Chris trekt
er het liefst alleen op uit, met haar Hollandse herder
Koesja. Ze baalt dan ook als ze nieuwe buren krijgt en
mevrouw Appelboom haar dwingt vrienden te worden
met de buurkinderen: de aantrekkelijke en populaire
Jack, en zijn o zo voorbeeldige en modebewuste zus
Tessa.

Wanneer mevrouw Appelboom de kinderen de duinen
in stuurt voor een 'gezellige' picknick, zien ze een
huilend meisje zitten dat zich volpropt met voedsel. Ze
eet alsof ze in geen dagen iets heeft gegeten. Het meisje
vertelt dat ze iets verderop in een afvalkamp zit. Chris
kent de streek op haar duimpje, maar heeft nog nooit
van het afvalkamp gehoord en besluit op onderzoek uit
te gaan. Maar de leider van het afvalkamp, Nasar, houdt
niet van pottenkijkers. Helemaal niet zelfs...

ISBN 978 90 499 2271 9

De zomer is in volle hevigheid losgebarsten in Westwijk aan Zee. Het kustplaatsje wordt overstroomd door duizenden toeristen. De hotels, de campings, de terrassen en de stranden zitten allemaal bomvol, en iedereen verheugt zich op het concert van de populaire volkszanger Bo Monti in Westwijks openluchttheater. Het concert is binnen een mum van tijd uitverkocht, maar Jack, Tessa en Chris (en Koesja) kunnen op de valreep nog aan toegangskaartjes komen.

Die avond staan ze vooraan als Bo Monti met veel bombarie wordt aangekondigd. Het publiek is uitzinnig van vreugde, maar na de derde vergeefse aankondiging wordt duidelijk dat de populaire zanger die avond het podium niet zal betreden... Bo Monti is spoorloos verdwenen!

Gewapend met een flinke dosis lef besluiten de vier van Westwijk op onderzoek uit te gaan...

ISBN 978 90 499 2302 0